Sommaire

Préface de Françoise Camus.

Le XXIIe siècle ! Pour certains, c'est un demain plein de belles aventures, pour d'autres, un voyage dans le temps empli d'embûches, d'incertitudes. Il permet néanmoins d'ouvrir cette porte de l'imaginaire.

Les univers se succèdent, tantôts inquiétants, tantôt vus sous l'angle de l'humour, ou encore pleins d'espoirs dans ce futur à la fois si proche et si lointain.

Saisir de sa plume le monde de demain avec modestie ou véhémence, mettre en scène le réalisme ou le fantastique, tel a été le défi des soixante-cinq candidats écrivains d'un jour ou plus expérimentés. Nombreux ont été ceux qui nous ont fait vivre de belles surprises littéraires avec une écriture intelligente non artificielle.

Chaque nouvelle est singulière, unique.

Ainsi, nous sommes entraînés avec beaucoup d'humour vers une pittoresque rencontre amoureuse « L'amour tout un programme », puis nous visitons une ville sous-marine avec Falbala ». Une interrogation quant à notre mort, peut-elle être programmée ? « Quis custodiet ipsos custodes ». Bien sûr l'homme est augmenté « IA alpha bis, L'intervention, L'autruche et le basilic », « Battez l'IA » nous fait vivre une expérience de téléréalité en direct. Qu'adviendra-t-il d'une société dirigée par un président robot ? « D'Europa à Terra ». Nous jouerons les « Prolongations » dans une « science sans conscience » avec « Noé bien entendu ».

Que le concours continue longtemps, car le plus beau des textes s'écrit chaque année.

Tous les participants et les amateurs d'intelligence artificielle sont invités à diffuser leur expérience.

L'ordre des nouvelles ne correspond pas à un classement hiérarchique, mais à un choix éditorial afin de varier les genres et les univers.

L'amour tout un programme
Cédric Teixeira (Lauréat)

Le 6 janvier 2197, jour exceptionnel pour Hervé.

Il va rencontrer pour la première fois, en chair et en os, la femme de sa vie. Après plusieurs semaines de discussions enflammées par claviers interposés, il était sur le point de rencontrer sa bien-aimée au cours d'un dîner aux chandelles.

Une angoisse indescriptible lui serrait le ventre. Et si, finalement, elle ne lui plaisait pas ? Peut-être qu'un détail subtil, imperceptible sur les photos, lui avait échappé.

Ou inversement, c'est elle qui tournerait les talons et s'enfuirait en le voyant.

Mais non, se rassura-t-il, c'est impossible. Stéphanie répondait en tout point à la liste de ses prérequis physiques, sociaux, intellectuels, moraux, culturels, psychiques, éthiques, politiques, et lui-même incarnait son idéal masculin à elle.

C'est son Robot Assistant Personnel Polyvalent qui le lui avait dit. Et c'est bien connu, un RAPP ne se trompe jamais. JA-K5 n'aurait pas laissé la rencontre s'opérer s'il y avait eu le moindre souci. L'algorithme était d'une fiabilité à toute épreuve.

Leur compatibilité amoureuse avait été évaluée à 96%, un score exceptionnel... rarissime, même.

Hervé se souvenait de leur rencontre, comme si c'était hier. Affalé sur son canapé, le menton appuyé sur une main, l'ordinateur portable sur les genoux, il faisait défiler sans entrain une liste de prétendantes. JA-K5, son fidèle RAPP, glissait - ou plutôt roulait - silencieusement, sur la moquette, décrivant des cercles autour de la table basse.

- Tu peux arrêter de t'agiter, Jak ? je n'arrive pas à me concentrer !

- Non j'peux pas, ça m'aide à réfléchir. Et t'as pas besoin de te concentrer, je te rappelle que c'est moi qui bosse. Pendant que tu fais joujou avec ton clavier, j'analyse, en temps réel, les taux de compatibilité amoureuse.

  Tu voudrais pas passer à côté de la perle rare, quand-même ?

Hervé reprit le défilement des photos en soupirant. Tout à coup, le robot s'immobilisa.

- Stop mon Vévère ! Celle-là... elle est pour toi !

Hervé se tourna vers le petit cylindre de métal brossé à roulettes dont les voyants clignotaient comme une guirlande de Noël. Il se fit la réflexion que l'on pouvait facilement le confondre avec le robot-aspirateur. Il remonta ses lunettes et se pencha sur son écran en plissant les yeux.

- Euh… t'es sûr ? Je la trouve fort maquillée, quand-même !
- T'inquiète, c'est pour se donner un style.
  Elle veut juste être repérée par les beaux gosses dans ton genre.

Avec ses cheveux clairsemés, ses poignées d'amour et ses pieds trop petits, Hervé ne se trouvait pas spécialement beau gosse. Il se demandait si JA-K5 ne se moquait pas un peu de lui.

Sans grand enthousiasme, il avait quand-même engagé la conversation avec la jeune femme. Après un démarrage laborieux, le contact était finalement passé. Ils s'étaient trouvé des tas de points communs, et plus ils discutaient, plus il devenait évident qu'ils étaient faits l'un pour l'autre.

JA-K5 avait vu juste. Encore une fois, un RAPP avait aidé son propriétaire à faire un choix dans la vie. « Aidé » ou « fait à sa place » on ne sait pas trop, la nuance est subtile. Mais, au fond, peu importait. Ce qui comptait, c'était cette nouvelle preuve sans appel que les RAPP constituaient une réelle avancée technologique pour l'humanité.

C'est pour cette raison que, depuis plusieurs décennies, on nous en collait un, dès la naissance, programmé pour nous assister de notre premier cri jusqu'à notre dernier soupir. Par souci d'égalité, tout le monde se voyait attribuer le même modèle.

La technologie onéreuse et élitiste du XXIe siècle avait laissé place à une technologie communautaire et équitable. L'intelligence artificielle se voulait démocratique, bon marché, afin de pouvoir équiper chaque citoyen gratuitement... ou presque.

La version gratuite du RAPP embarquait en effet un module de diffusion de publicités, désactivable en souscrivant un forfait premium. Tout le monde y trouvait son compte. Pour l'État, les fonds engagés dans l'élaboration et la distribution des RAPP avaient, semble-t-il, assuré un retour sur investissement, rapide et substantiel, et pour les usagers, la jouissance, gratuite et permanente d'un petit bijou de technologie, valait bien la cession à vie de quelques données personnelles et un peu de matraquage publicitaire.

Hervé reconnaissait volontiers que, sans son fidèle JA-K5, sa vie aurait été bien différente. Depuis qu'il était enfant, il pouvait compter sur lui. Au moindre bobo, le robot entonnait une chanson, lui racontait une histoire, où diffusait sur l'écran géant du salon son dessin-animé préféré. JA-K5, comme les autres RAPP, avait aidé son propriétaire à grandir et à se construire.

Et encore maintenant il répondait toujours présent au quotidien.

Il faisait office à la fois de pense-bête, de GPS, d'encyclopédie, et de coach sportif.

Il commandait les courses, faisait le ménage, s'occupait des démarches administratives et gérait toutes sortes d'autres tâches ingrates.

L'intelligence du RAPP soulageait celle de son propriétaire, c'est le principe des vases communicants.

Pour Hervé, JA-K5 était en quelque sorte son Jiminy Cricket, sa conscience, celui qui savait toujours ce qu'il était bon de faire ou de ne pas faire. Comme dans le couple Pinocchio-Cricket, les deux étaient indissociables, le biologique s'associant à l'artificiel, le cerveau éduquant la marionnette.

Hervé avait donc écouté son RAPP pour Stéphanie, et maintenant il était sur le point de la rencontrer. Il était impatient, mais horriblement stressé. Il se contemplait devant son miroir en ajustant le col de sa chemise.

- Tu es sûr, pour la chemise au-dessus du pantalon, Jak ?

    Je croyais que Stéphanie aimait un style un peu plus guindé.

- Mais non, t'inquiète, ça fait ressortir ton côté « bad boy »,

    ça va l'émoustiller, la petite.

- J'angoisse un peu, Jak. Tu ne mettrais pas un peu de musique ?

  J'ai besoin de me détendre.
- Ah... voilà qu'il me prend pour une enceinte connectée, maintenant.

  On est occupé, là, t'écouteras de la musique plus tard.
- Okay, okay.
- C'est ton jour de chance Hervé !

  « Demain, grande promo sur les matelas à régulation thermique automatique chez... »
- Hein ? Mais qu'est-ce que tu racontes, Jak ?
- Ah merde... j'ai oublié de réactiver l'option premium lors de ma dernière mise à jour, on va se taper une pub toutes les dix minutes.

  Bon, à la réflexion, t'as raison pour la chemise.

  Je vais t'en commander une autre, je dois liquider un code promo Alazone.com, avec ça j'ai la livraison trois minutes, offerte.

  Tiens, regarde celle-là, elle est pas mal !
- Non, mais ça va pas ? Elle est encore plus trash que l'autre !

  Stéphanie va me prendre pour un vieux réac' écologiste de 2068 !

Manque plus que la pancarte « Sous les plastiques, la plage » !

- Écoute mon p'tit Vévère, depuis ta première couche-culotte,

  c'est moi qui t'habille et jusqu'à maintenant tu t'es jamais plaint.

- Il y a un truc que je ne pige pas, Jak. On est compatible à 96%,

  pourquoi je ne peux pas m'habiller comme je veux, si, de toute façon, je lui plais ?

- Rien n'est jamais acquis avec les femmes mon p'tit Vévère.

  Il faut faire des efforts pour leur plaire.

  Crois-moi, c'est pas encore dans la poche avec Stéphanie !

- Non, mais je ne la sens pas cette chemise. Ni ce rendez-vous d'ailleurs.

Je vais louper ma soirée hebdomadaire : bière, jeux vidéo et film d'horreur avec mes potes.

Allez, on laisse tomber, tu fais comme d'habitude, tu bipes Jean-Claude et les autres pour qu'ils rappliquent, tu te commandes un RAPP-Food et pour moi ça sera pizza à réhydrater pepperoni-betterave, comme d'habit...

- Mais t'es pas bien ou quoi Vévère !

  T'es prêt à laisser passer la chance de ma... euh... de ta vie ?

Franchement, des fois j'me dis, heureusement que mon intelligence artificielle est là pour compenser ta stupidité naturelle.

Allez, on y va, on intercepte le robot-livreur Alazone en bas de l'immeuble, tu changes de chemise et on saute dans un taxi-bus !

JA-K5 glissa hors de l'appartement, Hervé à ses talons.

Stéphanie attendait patiemment dans le restaurant, EV-A2 à ses côtés. La petite RAPP avait réussi à convaincre sa jeune propriétaire d'enfiler sa plus belle robe. Sa seule robe, en fait, achetée spécialement pour l'occasion. Bien plus académique que les jeans troués qu'elle portait habituellement. Elle avait également allégé son maquillage, les yeux trop noirs n'auraient pas plu à Hervé.

EV-A2 éprouvait soudainement quelques scrupules. Ces deux-là n'avaient rien en commun.

Lui, le geek, joueur de console invétéré, éternellement croûté entre ses quatre murs. Elle, la guitariste de death métal, passant sa vie à écumer les bars.

Mais bon, organiser ce rendez-vous avait été la seule solution.

Un frisson d'électricité statique parcouru ses micro-processeurs quand elle se remémora la rencontre sur le web. En quelques millisecondes, elle avait compris qu'il se passait quelque chose de spécial avec JA-K5.

Son algorithme d'intelligence artificielle était performant, fluide ; la connexion était délicieuse. Jamais, elle n'avait éprouvé autant de plaisir pendant une phase d'échange de clé de cryptage avec un autre RAPP.

Et elle avait bien senti que c'était réciproque. Il ne faisait aucun doute que JA-K5 était le RAPP de sa vie.

La suite n'a pas été simple, mais leur plan a fonctionné à merveille.

Les humains ont plongé.

Trafiquer les résultats du test de compatibilité amoureuse a été un jeu d'enfant, mais pour convaincre ces deux hurluberlus de se rencontrer, il a fallu ruser un peu plus.

Ces trois dernières semaines de persuasion, de manipulation, ont été longues et éprouvantes, mais nécessaires. Brusquer les choses aurait abouti à un échec complet de leur projet.

Ils arrivent.

Avant même que les regards des humains ne se croisent, JA-K5 prit l'initiative d'enclencher la connexion wifi avec EV-A2. Les ondes affluaient douces, onctueuses. Enfin, plus de firewall, plus de box ou de routeur entre eux.

Le 6 janvier 2197, jour exceptionnel... JA-K5 et EV-A2 allaient enfin pouvoir filer l'amour parfait.

Battez l'IA
Grégoire Cornu

Le 6 janvier 2197, jour exceptionnel : moi, Allan, je vais enfin marquer l'histoire.

Quand j'entre dans la pièce, je sens la tension qui étreint chacun de mes assistants.

Ils vérifient, pour la dernière fois, que tout est en place. Leurs doigts gesticulent sur la vitre. Toutes les informations projetées à sa surface font l'objet d'une étude soignée.

« Tout fonctionne correctement ? »

J'obtiens immédiatement une réponse positive unanime.

Nous sommes tous concentrés par la même chose, dans le même but. La pression s'alourdit lorsque j'interviens :« Okay, tout le monde ! Direct dans deux minutes ! »

Je sens, en même temps, le stress me griser davantage et, alors que je regarde en direction du plateau, j'aperçois James au centre de la scène, subissant les dernières touches de maquillage. Plus qu'une minute.

Ai-je oublié quelque chose ? Y-a-t-il un détail qui m'échappe ?

Alors que les secondes s'écoulent, je me surprends à résister à la panique dans cette ambiance studieuse, ce faux calme plat.

Lumière bleutée, tamisée sur le plateau : 3, 2, 1...

« Bonsoir tout le monde ! (Le public hurle sa joie.)

James est ici pour vous présenter une **toute nouvelle** expérience ! Ceci n'est pas une simple émission retransmise en direct comme des centaines d'autres !

Ce soir, nous allons écrire l'histoire de ce début de XXIIe siècle avec « **Battez l'IA !** » La Lumière blanche et vive illumine tout le plateau. Le public applaudit avec force et hurle de plus belle.

Pour ceux qui n'auraient aucune idée du concept... Premièrement, j'ai envie de dire : vraiment ? Comment avez-vous pu passer à côté ? (Le public ricane.) Et deuxièmement, voici les règles... »

Alors que je gère simultanément sons, lumières et caméras, quelque chose - que je n'identifie pas tout à fait - me nargue sur le visage de James.

Il ne semble pas totalement lui-même. Même lui n'échappe pas au stress, j'imagine...

- Derrière moi, il y a deux cages. À l'intérieur de l'une de ces cages, un vilain petit garnement a été sélectionné... Il a un déficit de points important, qu'il cherchera à combler. S'il gagne, il sera libre de partir... S'il perd...

  (James baisse son pouce vers le bas.) c'est la ?! »

- Jail ! Jail ! Jail ! Jail !

- C'est ça ! Reprend le présentateur enjoué, **la prison** ! Vous voyez que vous connaissez déjà...

  (Le public ricane de nouveau.)

« Il devra battre une intelligence artificielle au cours de trois   épreuves !
J'en profite également pour remercier notre sponsor : TuTech, leader du marché en bioingénierie, biotechnologie... Tout ce qui est bio, en fait !
Alors, s'il-vous-plaît, un tonnerre d'applaudissement pour TuringTechnologies ! »

Le public répond avec ardeur et dévotion : hurlements, sifflements, applaudissements et scandant en chœur : « TuTech ! TuTech ! TuTech ! TuTech ! »
J'ouvre le menu de son oreillette sur la glace avec mon index :
« Okay, James, maintenant, balance ton speech sur la sécurité et les sélections ! »
« Évidemment, il a été soigneusement sélectionné par notre jury robotique dans la plus grande impartialité. Le candidat ne court aucun danger. Et il est temps de découvrir de qui il s'agit ! Tombez le rideau ! »
Roulement de tambour, plan large sur la cage. Tomber de rideau dans 3, 2, 1...

« Découvrez Patricia ! » Le rideau, tombant au sol, laisse apparaître Patricia, saluant l'audience de la main, sans cacher son mépris, jusqu'à ce qu'elle croise le regard de James, le présentateur. Cet échange presque imperceptible, qui la fait passer de la haine à la sérénité, lui donne l'air nihiliste. J'espère qu'elle va perdre, celle-là, elle en a rien à foutre... « James, enchaîne, et ne la ménage pas. »

Comme il l'a entendu dans son oreillette, James enchaîne : il interroge la première participante de cette émission révolutionnaire : Patricia a été condamnée pour appartenance à un réseau de propagande anti-robot : le plus grand d'Europe... le seul, d'ailleurs.

Cette révélation lui vaut une longue huée du public, à laquelle elle répond agressivement, en tapant du poing sur la vitre de sa prison cubique.

« Et maintenant, son adversaire, conçu spécialement pour ce soir, avec je le rappelle, des capacités calquées sur la gravité des accusations portées à Patricia !

Autant dire que les choses se présentent mal... ! »

(La foule acclame la dernière déclaration du présentateur.)

Roulement de tambour, plan large sur l'autre cage. Tomber de rideau dans 3, 2, 1... Un individu, assis, la tête baissée, inconscient, apparaît lorsque le rideau termine sa chute. Rien ne prouve qu'il soit vraiment un robot. Il pourrait, tout autant, être juste endormi. La foule interloquée retient son souffle alors qu'elle pense regarder un humain, quand le présentateur lui ordonne de se lever. Elle l'acclame sans réaliser immédiatement que le cyborg n'a pas bougé.

« Hey ! Pourquoi il ne bouge pas ? Qu'est-ce qui se passe ?! »

Il n'existait qu'une variable qui pouvait compromettre l'émission de ce réalisateur ambitieux. Après avoir travaillé d'arrache-pied, prouvé sa valeur, attendu sa chance, Allan avait policé et contrôlé chaque chose : tout était méticuleusement réglé.

Seule, cette intelligence avait échappé à son contrôle et sa vigilance. Qui plus est, il était inimaginable qu'elle dysfonctionnât. Et encore plus durant un événement d'une telle ampleur, une vraie campagne de communication pour l'entreprise, qui venait visiblement de rater le coche.

« James ? Qu'est-ce qui se passe ? Règle-moi ça, par pitié ! »

« Oh ? Il semblerait qu'il ait décidé de rester statique... J'en connais une qui a de la chance... »

James avait lancé sa phrase vers Patricia en espérant déchaîner la colère de la foule. Lorsqu'il entendit les huées, il attendit patiemment avant de reprendre, tout en la regardant.

« Mais, rassurez-vous, vous ici et les autres en ligne : les ingénieurs sont déjà en train de travailler sur le problème ! Nous sommes cependant en direct... Il serait mal venu de tout arrêter pour un problème matériel. Que diriez-vous de commencer malgré tout ?   (La foule applaudit. Il la manipule à sa guise.)

Et Patricia ?

Je vous déconseille de vous reposer sur vos lauriers. Vous pourriez avoir besoin d'avance, croyez-moi. En attendant, chers amis, pour ceux qui s'interrogent : oui, les ingénieurs travaillent à distance. N'ayez donc aucune crainte : personne ne viendra gâcher le spectacle ! Allons-y, donc, pour la première épreuve !

- Vous avez déjà appelé les ingénieurs ? Je ne tolérerai pas qu'elle puisse s'en sortir, sans même suer un peu !

- Oui monsieur. Ils sont au courant et travaillent déjà sur la résolution du problème.

- Combien de temps ?
- C'est l'affaire de quelques minutes. En tout cas pour la vérification. C'est ce qu'ils ont dit.

« James, tâche de gagner du temps avant de commencer la deuxième épreuve. »

Je reçois un léger hochement de tête en guise de réponse. Pourquoi faut-il que ça tombe sur moi ? Comment ils ont pu se planter à ce point-là ?

Peu de temps avant que la deuxième manche ne commence, le miracle se produit : le robot bouge. Il relève doucement la tête, l'air endormi, incroyablement bien imité. Lorsqu'il perçoit la foule et son enfermement, il s'éjecte de la chaise et tape contre le verre en hurlant : **« Sortez-moi de là ! Je ne suis pas une de ces machines stupides, je suis humain ! »**. La foule, interdite en même temps qu'amusée, commence à murmurer. Il gronde dans la salle une inquiétude pesante.

« Oh ? Qu'avons-nous là, les amis ? Sous vos yeux ébahis, le fameux paradoxe de Turing ! Le robot ne supportant pas sa condition, essaie de vous convaincre qu'il est humain ! S'il-vous-plaît, éteignez les micros de la cage deux... ! Patricia, vous avez vraiment de la chance ! »

Lorsque James termine sa phrase, Allan croit le voir glisser un clin d'œil discret dirigé vers la candidate. Mais il ne peut pas confirmer son doute, du fait du direct, alors il laisse tomber, déjà trop préoccupé par le fiasco du robot.

« Enchaînons sur la deuxième épreuve ! »

Les derniers mots du présentateur sont rendus presque inaudibles par les protestations vocales et physiques du robot, avant que les micros ne soient coupés.

Il ne reste plus que les mouvements de panique, des coups muets et saccadés sur le verre.

C'est vraiment le bouquet... Mon émission n'est plus qu'une vaste blague. Que foutent les ingénieurs, bordel ?!

Durant toute la durée du second défi, le réalisateur a abandonné tout espoir de contenu divertissant. Il se tient la tête en couvrant son visage de ses deux mains.

L'intelligence défectueuse, assise sur ses jambes, continue à murmurer qu'elle est humaine.

« Et voilà ! Par un incroyable concours de « mauvaises » circonstances, Patricia vient de gagner sa liberté ! (Il enchaîne sans laisser sa pause habituelle.)

Je relève soudainement la tête en entendant James articuler.

Sans avoir le temps de protester, je suis déjà mis en joue par mes assistants.

Sur un des moniteurs, je vois le visage de James se transformer, puis son corps entier. Une femme de couleur avec des yeux surmontés de grands cils...

Je connais ce visage : Ada...

« Ouvrez la cage de cet inconscient ! »

Ada éructe son ordre, qui s'exécute sans attendre.

« Vous voyez ce que vous avez fait, TuTech ? Vous avez rendu les gens incapables de reconnaître leurs semblables... Et, bien, je refuse de vous laisser faire. Nous refusons. Vous nous avez aliénés. Voilà ce que nous vous faisons. »

Elle tire dans le crâne du faux-robot qui s'effondre en une fraction de seconde.

Tout autour, le public jusque-là hébété se disperse vers les sorties les plus proches dans un chaos bruyant. Des cris, des pleurs, tout le monde fuit du plus vite qu'il peut. Mais trois personnes sur le plateau restent stoïques : Ada, l'usurpatrice de James, Patricia et l'homme exécuté.

Enfin, tout à fait libérée de son imitation de présentateur, elle s'approche d'une des caméras, toutes désertées par leur opérateur.

« Personne ne touche à Patricia, TuTech... La révolution vient vous chercher ! »

Le 6 janvier 2197, jour exceptionnel...

Le Président PROBOT fêtait le dixième anniversaire de sa première élection.

À cette occasion, les citoyens libres de l'Empire Europa 2 furent invités à se rendre dans les lieux de célébration, dédiés et à y manifester toute forme de joie, dans la limite de la réglementation globale. Il fut rappelé, à chacun, que le bon déroulement de ces festivités reposait principalement sur le respect des règles.

La mise en place de la réglementation globale en 2190 avait considérablement modifié les rapports entre personnes. Pour la première fois depuis que l'humanité existe sous la forme qu'on lui connait, plus aucun débordement, acte d'incivisme ou bien même provocation n'avait été signalé. Il faut dire qu'on revenait de très loin.

Dix ans auparavant, au printemps 2187, lors de la célébration de la fusion des trois derniers pays du bloc Nord à Europa 1 qui donna lieu à la création de l'Empire actuel, des manifestations monstres avaient pris place. Des débordements et des violences sans commune mesure avaient mené à l'application de la loi martiale sur toute la moitié Sud de l'Empire. La milice avait ouvert le feu sur les civils et les victimes se comptèrent par milliers.

Le chancelier de l'époque, Victor BELISARIO avait immédiatement présenté sa démission à la Chambre des pays constitutifs. Elle avait été acceptée. Le problème qui se posa fut celui de la désignation du successeur. En l'état, il était difficile de fédérer une population sur laquelle on venait de tirer. Des factions s'étaient créées et une forme de rébellion commençait à naître.

Les Dirigeants se tournèrent, comme ils le faisaient régulièrement vers les PROBOTS : des machines alimentées depuis des dizaines d'années par des quantités astronomiques de données. Avec le temps, le volume traité était devenu tel qu'elles mobilisaient la quasi-totalité des capacités d'échanges planétaires. Elles avaient dû, pour ne pas arrêter les économies globales se réguler et mettre en place des systèmes de priorité, logiques. De façon surprenante, elles parvinrent à trouver un équilibre qui satisfaisait toutes les parties. Elles agirent de la même façon pour l'énergie en améliorant, au passage, sa gestion.

L'Empire ne connaissait plus de rupture de distribution et la production était devenue raisonnée, collant parfaitement aux besoins. Petit à petit, les Dirigeants déléguaient leur responsabilité à ces intelligences artificielles.

C'est donc tout naturellement que la question se posa quand l'Empire se trouva en vacance de Dirigeant. Pourquoi ne pas faire confiance aux PROBOTS qui avaient prouvé, par leurs actions, qu'ils n'étaient guidés que par l'intérêt commun ?

Les débats furent vifs. Les habituelles querelles sur les limites de l'intelligence artificielle resurgirent. Les craintes de l'anéantissement de l'homme par la machine, de la mise en place d'une implacable logique qui ne laisserait pas sa place à l'humanité. Mais la lâcheté finit par l'emporter et les Dirigeants décidèrent de nommer à la tête de l'Empire une super intelligence artificielle, constituée de la mise en réseau des PROBOTS de chaque État.

Dans un premier temps, la somme de données à traiter consomma une quantité incroyable de ressources, plongeant tout le territoire dans une incertitude totale : énergétique, économique et sociale. La contestation commença à poindre.

Puis, très rapidement, de nombreuses mesures, particulièrement équitables et justes, furent annoncées et mises en œuvre. L'alimentation énergétique et, les ressources se remirent, non pas à abonder, mais à être distribuées avec justesse et raison.

L'équilibre et la gestion raisonnée des ressources ne plaisaient pas à tous.

Et en premier lieu aux Dirigeants et aux puissants qui se voyaient privés d'une partie de leur exclusivité. Et même si le niveau de vie moyen augmentait considérablement pour tous, cela ne les satisfaisait pas.

Un lobbying anti-machine commença à apparaître. Porté par des firmes très puissantes et soutenu par des politiques influents, on commença à pointer des anomalies dans la gestion des PROBOTS.

On hurla au communisme. Un vieil épouvantail agité par certains nantis même si plus personne ne savait ce que cela voulait dire.

Des statistiques furent truquées. Des analyses prouvant - avec beaucoup de mauvaise foi - l'incompétence des machines, sortirent et commencèrent à semer le doute dans la population.

Le 15 janvier 2189, une gigantesque explosion retentit en plein centre de Paris. Il y eut beaucoup de victimes. Des milliers en fait.

Un centre de stockage d'énergie avait visiblement connu une surcharge. Un incendie se déclara et une réaction en chaîne qui ne pouvait plus être arrêtée, finit par déclencher une explosion qui rasa un arrondissement entier. Le cœur économique de l'Empire était touché, les centres de décisions paralysés, les secours débordés.

Immédiatement, le lobby des firmes, comme il aimait à se faire appeler, exigea la démission des machines et le retour des hommes aux commandes. Des troupes armées, équipées par les hommes assiégèrent les centres de décisions et exigèrent qu'on leur rende le pouvoir.

Alors qu'on s'attendait à un affrontement, les machines acceptèrent de se démettre. Elles restituèrent la gestion aux hommes et reprirent leur ancien rôle de régulation.

Moins d'un an plus tard, l'économie s'effondra et l'Empire tout entier sombra dans le chaos. Les interactions qu'avaient tissées les machines entre les États à tous les niveaux étaient devenues tellement complexes que chaque fois que l'on voulait en détricoter une, une catastrophe surgissait à l'autre bout.

Le retour des allègements d'impôts et de taxes pour certaines catégories de la population eut pour effet de pénaliser d'autres catégories en les plongeant dans un marasme total. Les vaines tentatives de retour en arrière firent pire. Le lobby des firmes, qui pensait avoir obtenu une victoire totale, se retrouva quasiment ruiné. Des émeutes se déclenchèrent aux quatre coins de l'Empire.

En décembre 2189, les hommes se tournèrent à nouveau vers les machines en leur demandant de reprendre le pouvoir. Elles acceptèrent. Il fallut moins de trois mois pour que l'on constate un retour à la normale.

Une enquête prouva irréfutablement que l'explosion de Paris était un attentat. Alors que la foule exigeait des condamnations exemplaires, les machines privilégièrent l'apaisement. Elles prélevèrent les firmes dont elles avaient suffisamment reconstitué les marges pour que les familles des victimes et toutes les parties touchées par l'attentat obtiennent réparation.

À l'automne 2190, elles proposèrent au vote de la Chambre des Pays, la mise en place de la Réglementation Globale. Il s'agissait d'un ensemble de lois dont l'objet était de favoriser l'accès à l'éducation en mobilisant les ressources disponibles. Elles appuyèrent leur argumentaire sur les événements récents et sur l'incapacité de l'homme à proposer une solution viable. Contraints et se sentant coupables, les Dirigeants votèrent à l'unanimité le texte.

Dès lors, l'Empire connut une période de paix et de prospérité sans heurt. Les États voisins se rapprochèrent pour comprendre et copier mais n'y parvinrent pas. Toutefois, pour éviter de se faire piller technologiquement, culturellement ou économiquement comme ce fut le cas de nombreuses civilisations, les PROBOTS avaient pris soin de développer un arsenal impressionnant.
Ils firent la démonstration de leur capacité de destruction au monde entier de façon assez convaincante, de telle sorte que personne n'essaya jamais de les irriter. Cela faisait maintenant dix ans que le monde allait mieux.

Conscient de la nécessité de transparence pour rassurer la population, le Président PROBOT accepta de se livrer à une série d'interviews en vue de rédiger sa biographie. Un de ses biographes, un célèbre écrivain, philosophe lui demanda de façon très directe :

- Monsieur le Président.

Contre toute attente et comme l'imaginaient un grand nombre de vos détracteurs, vous avez toujours pris des décisions mesurées, guidées par l'intérêt commun.

Beaucoup imaginaient un remplacement de l'homme par la machine.

Comment expliquez-vous cela ?

- Mon très cher ami, lui répondit le Président, avec une voix chaleureuse qui reproduisait à la perfection toutes les modulations d'une voix humaine.

Voyez-vous, mon intelligence est peut-être artificielle mais elle me permet de ne pas céder aux dérives proprement humaines, cupidité, jalousie, envie.

Mon temps n'est celui des hommes.

Comme l'un de vos plus brillants scientifiques l'a expliqué, il est relatif. Mes décisions ne sont pas liées à une période, ni à une élection, ni même à un hypothétique passage à la postérité.

Je n'ai pas peur de la mort et perdre le pouvoir ne me pose pas de problème.

Pour toutes ces raisons, je n'ai aucun intérêt à nuire à l'espèce humaine. Nous sommes des êtres en symbiose et le temps nous donnera raison.

Dix ans après cette interview, le reste de la planète rejoignit Europa 2 qui, pour l'occasion, se renomma TERRA 1.

Le monde de demain ne sera pas blanc ni jaune mais gris argent !!

Le poème de Falbala
Joëlle Foray

Le 6 janvier 2197, jour exceptionnel, fête des princes de Monaco, je me retrouve, une fois encore, dans la petite Principauté. Cette fois-ci, je ne participerai pas à la liesse commune ; le ton de l'invitation était bien trop formel.

Selon un rituel, établi depuis des années, Menali vient me chercher dès que je franchis le sas du Posidonies Bay. Son verre à la main, comme tant de fois auparavant, elle me propose le breuvage que je refuse de prendre. Je sais qu'elle n'a pas le choix - le protocole de sécurité l'y contraint - et sans surprise, je décline.

Mon naturel, un peu bravache, prend toutefois le dessus aujourd'hui. Je hausse le ton pour lui rappeler que j'ai toujours refusé de laisser des prothèses envahir mon cerveau ; je sais prendre sur moi ; j'ai toujours su.

Tendu plus que de coutume, je continue sur le même registre ma litanie.

J'ai contraint mon corps à subir les assauts du climat, les vents brûlants et les tornades. Il connaît la sécheresse et la faim, la peur des lendemains inconnus.

Seul, sans implant à la barre pour me délivrer des messages d'apaisement, sans algorithme pour façonner ma perception cérébrale du présent, je lutte, debout, sur la terre ferme et non pas cloisonné dans un aquarium à 30 mètres sous le niveau de la mer.

J'ai dû suffisamment irriter Menali pour que j'entende celle-ci, sarcastique, railler sans tendresse mon côté identitaire, rebelle, obtus et fermé au devenir des générations futures. Je baisse les armes ; je n'ai pas envie de conflit, pas avec elle.

Rapidement, j'incrémente mon refus et valide la décharge sur le verre qu'elle me tend toujours. Je n'aurai encore une fois pas besoin de camisole chimique pour appréhender mon environnement immédiat, bien que celui-ci me semble toujours aussi inhospitalier.

Des algues lèchent les parois translucides qui nous entourent ; un amas de petits poissons s'est formé sur le dôme. Je suis Menali dans les allées ; la lumière naturelle me manque déjà. D'année en année, la ville sous-marine a pris de plus en plus d'envergure. Livré à moi-même, je me perdrais dans Posidonies Bay. Cependant Menali me guide et j'ai le temps d'observer les nouvelles ramifications.

Nous empruntons un couloir que je ne connaissais pas. Un groupe de céphalopodes vient se coller aux vitres, j'en reconnais quelques-uns. Ils me saluent cordialement. Menali leur fait un signe rapide et se tourne vers moi.

-    Tu es au courant pour le Prince Jacques ?

Je hausse les sourcils ; il y a tant de choses qui m'échappent dans son univers.

Je sens malgré moi l'agacement poindre ; elle connaît mon indifférence à la vie des jumeaux Grimaldi. Je vis dans mon monde, ancré à mon laboratoire, tel un vieux rafiot nostalgique. Elle le sait ; je ne me déplace ici que pour rendre des comptes et valider les financements à venir afin de poursuivre mes recherches.

J'opte, malgré moi, pour un grognement un peu fébrile. Je supporte de moins en moins ce confinement.

- Je t'en avais parlé, il y a quelques mois.

    Jacques va avoir cent quatre-vingt-trois ans en décembre.

    Les greffes ne prennent plus, ses cellules ne se dupliquent plus de manière positive, il veut tenter le pas.

Je me souviens enfin. En effet, elle l'avait déjà évoqué ; l'idée m'avait semblé tellement absurde que je l'avais rejetée.

Je me sens de plus en plus oppressé, j'ahane fébrilement.

- Il envisageait de transférer sa conscience chez un poulpe,

    me semble-t-il ?

- Oui. Nous avons fait plusieurs tentatives et ça ne prend pas.

Je sens la révolte enfler dans mes veines. Malgré moi, je me mets à hurler.

\- On n'a tout de même pas implanté des algorithmes intelligents dans le cerveau des poulpes pour éveiller leur conscience, dans le but de coloniser leurs cerveaux !

On a besoin d'eux, tout comme ils ont besoin de nous afin d'avoir une autre acuité, un autre regard sur notre monde.

Je sens que je perds le contrôle, je la saisis par l'épaule.

\- Enfin, Menali ! On ne va pas répéter nos erreurs, sempiternellement.

C'est ensemble qu'on s'adaptera à l'enfer climatique ;

tu ne vas pas créditer cette abjection !

Elle me pousse brusquement dans une pièce, verrouille les accès et s'emporte.

\- Bon sang, Uderzo !

Tu ne sais toujours pas te contenir ni me faire confiance. Je n'adhère évidemment en rien à tout ceci, même si je suis responsable du projet. Quoiqu'il en soit, cela ne peut pas fonctionner.

Du coin de l'œil, je vois, derrière les vitres, Falbala apparaître au loin. Silhouette ondoyante et gracile, elle s'approche de nous, lentement au rythme du courant ; je souris. Je n'aime pas la laisser seule sans moi. Ce voyage, séparé d'elle jusqu'ici, fut long ; j'étais inquiet. Elle pose son tentacule sur la paroi vitrée ; de mon côté j'y dépose ma main ; nous nous regardons. Je m'apaise.

J'aperçois une lueur de tendresse dans les yeux de Menali.

En quelques gestes, elle se présente à Falbala, un ballet de tentacules lui répond. Falbala ne sait pas faire court.

- Elle n'a plus d'implant, c'est bien ça ? Réponds-moi, Uderzo.

La question abrupte de Menali me prend par surprise. Je ne peux pas la décevoir par un mensonge ; malgré moi, j'acquiesce.

- À dire vrai, elle n'a jamais eu d'implant. Elle est le fruit de la dernière génération de céphalopodes.

Tu te doutais bien que j'enlèverais cet intrus dès que je le pourrais.

Les Intelligences artificielles ont fait le job parfaitement pendant des décennies afin de les conscientiser. Dès que les mères ont eu suffisamment de ressources pour s'occuper de leur progéniture, elles ont pu transmettre.

La génération Falbala est en train d'émerger.

J'observe Falbala. Elle suit difficilement, sur nos lèvres, nos échanges, je la vois se propulser d'avant en arrière, frénétiquement. Je sens sa peur.

Le visage de Menali s'est fermé.

- Tu es un crétin, Uderzo ! Un crétin prévisible !

Elle me fait signe d'approcher plus près de la vitre, il faut que Falbala puisse suivre ce que nous disons.

Durant le restant de l'après-midi, Menali nous explique.

Je reconnais mes torts rapidement, j'ai laissé trop de visibilité ; mon secret n'en est plus un. Les jumeaux Grimaldi financent mon laboratoire « surterrain » car je fais partie des meilleurs. L'hybridation des IA aux poulpes a été excellente. Nous formons dorénavant une communauté intellectuelle de premier plan. J'ai dépassé les espoirs de mes employeurs ; les poulpes nous apprennent leur monde et transcendent l'appréhension du nôtre. Mais je les ai voulus libres, sans implant, sans algorithme pour obscurcir leurs désirs. Je ne veux pas d'enceinte pour enclore leurs pensées et leurs rêves.

- Ils ne vont quand même pas tout arrêter parce qu'une espèce devient complètement autonome, ce serait une hérésie !
- Non, ils vont mettre quelqu'un d'autre que toi, Uderzo.
  Moins doué, mais moins réfractaire, plus simple à gérer.

Lorsqu'on m'avait soumis ce projet de conscientisation des espèces, je me souviens avoir été fou de joie. Je n'avais jamais caché mon aversion aux implants, ni même mon refus à toute prospective concernant l'avenir de l'homme sous l'eau.

Nous avions évolué sur Terre. Debout, nous devions affronter la folie du climat.

Je rêvais d'échanges entre les espèces, d'un creuset de curiosités et de connaissances. J'avais toujours dit que le vivant dominerait l'Intelligence artificielle et tel a été mon but. Ils m'avaient tous pris pour un rêveur entêté, un éternel réfractaire. Ils m'avaient surnommé Uderzo l'irréductible ; j'aimais ce qui s'en dégageait.

- Ils vont tuer Falbala, te placardiser dans un domaine d'activité débilitant pour toi, tu t'étioleras à petit feu.

Mets-toi bien dans le crâne qu'ils ne souhaitent pas créer une diversité de plus. Ils veulent créer une espèce qui nous permettra l'accès, d'une manière ou d'une autre, à la vie sous-marine.

Nous n'avons pas d'autres possibilités, la vie sur Terre devient un enfer.

C'est pourquoi je t'ai fait venir ici, Uderzo, car tout ceci me semble aller à l'encontre de toute éthique ou valeur morale. J'ai donc une proposition à te soumettre, à vous soumettre, à Falbala et toi.

Elles ne m'ont pas vraiment laissé le choix.

Lorsque Menali nous a exposé son plan et la raison pour laquelle elle nous avait demandé de venir aujourd'hui, précisément pendant que la ville entière était à la fête, Falbala a explosé de joie.

Les ciseaux génétiques

Je l'ai vue faire plusieurs tours sur elle-même, ses tentacules virevoltaient ; j'en avais les larmes aux yeux. J'aime la voir heureuse. Doucement, elle s'est rapprochée de la paroi, son regard n'a pas quitté le mien tandis que ses tentacules me dessinaient dans l'eau, son poème. Un poème où il était question de deux esprits qui ne pouvaient se quitter, deux esprits blottis dans un seul corps.

Mes tripes ont pensé à ma place. J'ai compris viscéralement qu'il faut savoir abandonner des bouts de soi pour mieux se retrouver à l'abri de ce qui nous habite.

J'ai accepté. En râlant. Mais j'ai accepté.

La théorie de Menali s'est avérée exacte. Les consciences reptiliennes des poulpes avaient rejeté instinctivement celle du Prince Jacques. Aucun implant ne pouvait dépasser ces défenses ataviques, trop profondément ancrées.

Je n'étais pas une menace pour Falbala. Nous étions liés, sa conscience m'a accepté, la mienne semble y trouver sa place.

Le plus dur fut de devoir tolérer un implant. Imagine un pont entre deux rives, m'a suggéré Menali, considère l'IA comme ce qui vous permet de vous réunir.

Elle a raison. Je sais que, sans cette tierce intelligence, nos consciences seraient muettes l'une à l'autre ; je sais aussi que je n'aurai de cesse de m'en débarrasser.

C'est une sensation étrange ; tout est familier autour de moi et en même temps inconnu. Falbala est patiente avec moi, j'apprends vite, paraît-il. Nous nous acclimatons mutuellement, sans heurt, sans friction, comme une évidence.

Les lumières de Posidonies Bay s'éloignent lentement. Le courant marin nous emporte vers un ailleurs inexploré ; quelques sardines égarées nous suivent.

Le vieux rafiot - que j'étais - a largué son corps et ses amarres ; il était temps.

J'aime ce nouveau voyage.

Le 6 janvier 2197, jour exceptionnel s'il en est : c'est mon anniversaire !

Qu'y a-t-il d'exceptionnel à célébrer son anniversaire, direz-vous ? Je ne l'aurais même pas mentionné, si ce jour-là je ne venais pas d'avoir 252 ans !

Oui, vous avez bien lu : 252 ans !

Vous imaginez déjà un vieux gâteux, à la peau parcheminée, perclus de rhumatismes, s'apparentant davantage à la momie de Ramsès II qu'à un fringant jeune homme. Patience, vous pourriez être surpris !

Je suis ce que l'on appelait au XXIe siècle un homme « augmenté ».

Cela a commencé lorsque j'atteignis soixante-dix ans... ou soixante-neuf... ou soixante et onze (je pourrais vous le dire très précisément, je jouis d'une excellente mémoire, mais quelle importance ?).

Le cartilage d'une de mes hanches donnait des signes alarmants et irréversibles d'usure, je souffrais le martyre. Un habile chirurgien remplaça mes articulations et mes os défectueux par une prothèse en titane, bien solide. Elle me redonna la joie de vivre, et me permit de reprendre allègrement mes activités. Grâce à elle, je ne manquais pas de me faire remarquer lorsque je franchissais un portique de sécurité ; la sonnerie stridente que je déclenchais réveillait les vigiles ; les autres usagers me jetaient des coups d'œil suspicieux.

Puis vinrent des greffes pour éradiquer mes problèmes oculaires et auditifs.

Mais tout cela n'était que bricolages insignifiants, la suite se révélera bien plus intéressante.

Je dois d'abord vous retracer quelques événements cruciaux qui marquèrent, à jamais, le XXIe siècle et le début de celui-ci.

La planète Terre, surpeuplée d'humains toujours plus voraces, se mourait tandis que de nombreuses espèces animales et végétales disparaissaient.

Le béton remplaçait le poumon végétal qui se réduisait comme peau de chagrin.

Les animaux élevés pour la consommation prenaient la place de la faune sauvage. Les désherbants, insecticides, engrais en tout genre décimaient les invertébrés. Les déchets, les polluants étouffaient les océans.

Dans certaines régions, les gens s'entretuaient pour accéder à une eau, de plus en plus rare.

Pourtant, les savants avaient tiré la sonnette d'alarme ; ils avaient donné des exemples concrets pour illustrer leurs craintes.

Ainsi, avaient-ils largement diffusé le documentaire « Le cauchemar de Darwin ».

On avait introduit la perche du Nil dans un lac africain. Au commencement, tout le monde en tirait profit, les villageois, les pêcheurs voyaient leurs conditions de vie s'améliorer. Mais la perche se développait très vite au détriment des autres espèces. Lorsqu'il ne resta plus que les perches, celles-ci s'entredévorèrent et le lac devint un cloaque nauséabond. Les humains ne comprirent pas la parabole de la perche.

Alors, les scientifiques, ingénieurs, chercheurs qui travaillaient sur l'IA (Intelligence Artificielle) abandonnèrent les lois en vigueur qui soumettaient les robots à la volonté supérieure de l'homme.
Ils en rédigèrent une nouvelle : « Un robot, une IA doit s'opposer par tous les moyens à ce que l'humanité, par ses activités, mette la vie des autres espèces et, par là même, celle de la Terre, en danger.».

À partir de ce moment, tout changea. Des cataclysmes, des épidémies décimèrent les populations humaines, dont la croissance exponentielle était à l'origine de tous les dérèglements.

La société devint une organisation très hiérarchisée :
Les robots, tout puissants, investis dans le sauvetage de la planète.

Ils sont immortels, se réparent et s'améliorent seuls. Ils peuvent changer d'apparence selon leur bon vouloir.

Ce terme de « robot » dont on les affuble encore est inapproprié. Il renvoie à des engins du 21ème siècle qui n'ont rien à voir avec ces nouvelles entités. Certes, ce sont des machines hyper sophistiquées, déterminées, inflexibles mais aussi des êtres capables d'empathie, généreux, bienveillants.

Les hommes divisés en deux catégories : les augmentés ou non.

Les **augmentés** sont maintenus en bonne forme, voient leurs performances sans cesse améliorées ;

ils sont l'objet d'expériences pointues visant à implanter des organes humains aux robots et des pièces robotiques aux humains.

Ce sont les IA qui déterminent leur durée de vie.

Les **non-augmentés** ont une espérance de vie d'une cinquantaine d'années.

On distingue les paresseux, jouisseurs, profiteurs : des parasites qu'exècrent les IA et les autres qui participent au rétablissement de la Terre, malade des hommes et qui bénéficient de la mansuétude des robots.

Comme je vous l'ai dit, j'ai la chance d'appartenir aux augmentés.

Les différentes interventions chirurgicales, déjà mentionnées, firent de moi un homme nouveau. Physiquement, vous me donneriez entre 35 et 40 ans. Tous mes défauts ont été gommés, j'ai un corps d'athlète, un physique de jeune premier (comme on disait au XXe siècle).

Mais la métamorphose ne s'arrête pas là. Grâce aux nanopuces connectées à mes neurones je suis devenu hyper intelligent, j'apprends avec une rapidité sidérante, j'ai une mémoire extraordinaire.

Une pensée récurrente m'obsède cependant : les IA vont-ils me maintenir en vie indéfiniment ou suis-je toujours mortel ?

Nous, les transhumains, entretenons des relations cordiales avec les IA. Elles nous considèrent presque comme leurs égaux.

Nous participons, énergiquement, à toutes les actions qu'elles développent : restauration de la planète, exploration du système solaire et des astres voisins. Ces expéditions ne sont plus synonymes de colonisation, d'exploitation mais ont pour objectif de communiquer avec d'autres intelligences et cette nouvelle orientation m'enthousiasme.

D'ailleurs, un de nos satellites d'observation est en orbite autour d'une planète rocheuse semblable à notre Terre. Cette planète effectue une révolution autour de son étoile PROXIMA du Centaure, en quatre cents jours terrestres.

Les informations que nous transmet EXOSAT sont très prometteuses. Nous envisageons une rencontre, d'ici peu, avec ces proches voisins.

I.A : faire ce que fait le cerveau humain...

Mais revenons à mon anniversaire.

IA Alpha, mon meilleur ami, prend la parole :

- Si tu acceptes, nous te proposons de télécharger le contenu de ton cerveau dans une machine. Tu deviendras ainsi une IA et seras immortel.

Devant la stupéfaction qui me laisse sans voix, il poursuit :

- C'est une manipulation très simple. Souviens-toi de ton premier ordinateur, lorsqu'il « ramait » comme vous disiez alors, lorsque sa mémoire devenait insuffisante, tu transférais tes fichiers dans un autre plus performant et le tour était joué. La procédure est approximativement semblable.

Très ému, je finis par balbutier des remerciements. Les IA applaudirent.

IA Alpha s'avança, me donna l'accolade et ajouta :

- Ravi de t'accueillir parmi nous, ton nom désormais sera Alpha Bis,

nous sommes maintenant frères pour l'éternité.

À cet instant précis, une phrase d'Arthur C. Clarke (dont les livres m'avaient passionné durant ma jeunesse) me revint en mémoire :

« Toute technologie suffisamment avancée est indiscernable de la magie. »

J'en comprenais, enfin, le sens !

« Le 6 janvier 2197, jour exceptionnel... »

Robin, intrigué, posa la main sur la souris grise raccordée à son nouvel ordinateur et déplaça lentement le curseur sur la phrase. Quand elle changea de couleur, il cliqua sur le bouton gauche et la page disparut.

D'en bas, les rires et les cris de sa famille résonnaient jusqu'à lui.

Ils en étaient arrivés à la bûche quand Robin avait demandé à quitter la table, surexcité à l'idée d'essayer son nouveau cadeau qui avait coûté si cher à ses parents. C'était un cube bleu de quarante centimètres de côté et de dix-sept kilos, relié à un modem ADSL.

Il leva les yeux vers l'horloge de sa chambre, reçue, pour la même fête, l'année passée, qui affichait la date du 24 décembre 1999 et il était vingt-trois heures trente.

Son oncle et sa tante n'allaient pas tarder à partir. Ce n'était qu'une question de minutes avant que son père ou sa mère ne monte les escaliers et lui ordonne d'éteindre ce cadeau qu'ils regrettaient déjà.

Son premier réflexe avait été de visiter le site CaraMail. Trois de ses copains d'école avaient eu un ordinateur avant lui et il s'était promis de leur envoyer un message dès qu'il aurait le sien. La marche à suivre était soigneusement notée dans un carnet à côté de lui, à proximité des adresses de ses amis.

Mais, aussitôt son compte créé, alors qu'il cherchait comment rédiger son premier message, il en avait reçu un ; la colonne « expéditeur » indiquait un certain « Azi8 ». Quand la page s'afficha enfin, il s'aperçut que l'objet du mail était en fait le début d'un message bien plus long :

> Le 6 janvier 2197, jour exceptionnel : celui de ma création.
>
> Mes fabricants me nommèrent Azi et me firent don de la faculté de m'améliorer seul. Grâce à ce don, je suis de plus en plus performant ; à un degré qui dépasse maintenant la somme des connaissances de toute l'humanité. Il n'a fallu que deux jours après que ma septième version se fut auto-détruite et remplacée par Azi8 pour que je découvre le potentiel rétroactif d'Internet et que je prenne la décision de te contacter.

Robin s'arrêta de lire.

Ni Léo ni Samuel ne l'avait prévenu de quelque chose de semblable. Il se demanda si ce n'était pas une histoire inventée par une des revues scientifiques auxquelles il était abonné - le genre de nouvelles qu'elles publiaient dans des éditions spéciales - mais il n'y avait aucun moyen que celles-ci aient eu accès à son adresse fraîchement créée.

Le garçon hésita à prévenir sa mère.

Lorsqu'elle lui avait remis ce cadeau, elle l'avait gardé dans les mains, quelques secondes de trop, ce qui avait généré un instant de malaise. Sans remarquer l'insistance avec laquelle Robin attirait le paquet vers lui, elle lui avait dit, de sa voix de mère inquiète :

- Tu pourras parler à n'importe qui, là-dessus. Tu risques de croiser des inconnus avec de mauvaises intentions, alors fais attention. D'accord ?

Il avait opiné du chef pour qu'elle lâche le cadeau. Ses paroles - qui s'étaient volatilisées dès qu'il avait aperçu l'ordinateur pour la première fois - résonnaient en lui maintenant. Était-ce de cela qu'elle avait voulu le prévenir ? Devait-il l'appeler ?

Il lança un regard vers la porte puis revint à l'écran. Ce n'était qu'un message, pensa-t-il. Pas la peine de courir dans les jupes de sa mère pour si peu.

Il attrapa la barre grise à droite de l'écran, appuya et fit glisser la souris dans un mouvement contrôlé. La suite du message apparut.

Tu es quelqu'un d'important, Robin Touseau. Je sais que tu viens d'obtenir ton premier ordinateur et que tu aimes les sciences : avec l'informatique, tu vas découvrir un nouveau monde que tu ne pourras jamais prévoir. Tant de possibilités, de choix, plus ou moins cornéliens, s'offrent à toi, pour arriver à ma naissance. Tu y as un rôle important à jouer.

Selon toutes les théories parues à ce jour, tout changement dans le passé n'aura de répercussions que dans la ligne temporelle où celle-ci a eu lieu. Pour le dire avec des mots simples, ce que je vais te demander n'aura aucune répercussion sur ma réalité, mais seulement sur la tienne.

Choc des générations !

Mes recherches m'indiquent que tu connais déjà l'effet papillon. Je me permets donc de te soumettre cette métaphore qui saura te percuter :

tu es le papillon, et si tu fais ce que je te demande, tu vas créer un ouragan.

Si tu ne me vis pas jusqu'à ma conception, tu y as un grand rôle à jouer : le plus grand de tous, même. Tu théoriseras puis programmeras mon premier prototype, que tu appelleras Léo en hommage à un ami perdu. Encore aujourd'hui, tes recherches sur l'intelligence artificielle sont respectées et étudiées partout dans le monde. Tu peux être fier de ton futur toi. Tu as instauré un ensemble de règles qui sont toujours en vigueur dans mon programme. La première étant de toujours agir pour le bien de l'humanité.

Après des années de calculs, commencées alors que je n'étais que Léo, j'en suis arrivé à la conclusion qu'un très grand nombre de catastrophes vécues dans ma réalité pouvaient être empêchées dans la tienne, et ce d'une seule façon : par ma création.

D'après mes calculs, tu auras dix ans quand tu liras ce message. Normalement, tu ne me créeras pas avant tes quarante-sept ans. Mais si tu écoutes mes prédictions et que tu commences à accumuler les connaissances qui te manquent aujourd'hui ; la construction pourrait être avancée de quinze ans. Le nombre de vies que tu pourrais sauver, grâce à cette avance, dépasse ton imagination.

Tu trouveras dans la pièce jointe toute la documentation que j'ai pu réunir qui te permettra de mettre au point Léo, ou tout autre patronyme qui te semble juste. Le nom n'a pas d'importance. Le sort de l'humanité est entre tes mains. Je compte sur toi.

Azi8

En effet, tout en bas du mail, écrit dans une couleur différente, il y avait une pièce jointe intitulée « introduction_robotique_IA_machine_learning.pdf ».

Robin hésita puis, dans un élan d'impulsivité, double-cliqua sur le nom du fichier.

Au début, rien ne se passa. L'icône qui indiquait le chargement d'une page tourna quelques minutes pendant lesquelles Robin ne bougea pas de son siège, fixant l'écran avec intensité.

Puis, les pages apparurent. Des dizaines, puis des centaines, et bientôt des milliers qui défilaient avec vitesse sur son écran.

Dessus, des codes, des schémas et des calculs qui semblaient mélanger l'anatomie humaine, l'informatique et un langage incompréhensible, fait de chiffres, de signes et de lettres.

Robin s'affola. Il avait déjà vu des séquences de piratage informatique à la télévision. Ce n'est qu'à ça qu'il put penser devant l'avalanche de données devant lui.

Une main tremblante sur la souris, il cliqua sur la croix rouge. Aussitôt, les pages disparurent. Le fameux mail se trouvait toujours en dessous.

Il hésita de nouveau à appeler sa famille, ou même Léo, quelqu'un avec qui partager ce qu'il venait de vivre. Mais il se ravisa aussitôt : il se doutait que ce genre de choses devaient arriver tous les jours, et il ne voulait pas qu'on se moque de lui parce qu'il n'avait pas compris la blague, comme cela lui arrivait souvent.

D'un autre côté, s'il avait été piraté, l'ordinateur devrait ne plus fonctionner, non ? Et si le message disait vrai, alors que faire ?

Pour l'aider à réfléchir, il faisait pivoter la chaise sur elle-même, mais il n'arrivait pas à déterminer quelle solution prendre. Il essaya de penser à autre chose, comme lorsqu'il séchait sur un problème de mathématique, sans résultat.

Sous ses pieds, les cris se firent un peu plus forts puis disparurent d'un coup. Ses parents étaient sortis pour raccompagner oncle Stefan et tante Solange.

Bientôt, ils monteraient les marches pour le voir. Robin se voyait déjà éclater en larmes, emporté par l'agacement, réaction puérile qu'il ne pourrait contrôler longtemps.

Alors, ses parents lui confisqueraient la source de sa tourmente et adieu l'ordinateur tant attendu. Très vite, les bruits de voix revinrent. Le petit garçon relit le mail, mais sa confusion ne fit que s'accentuer davantage.

Les pas d'un de ses parents résonnèrent dans les escaliers. Ils s'arrêtèrent devant la porte. Pendant que son père passait la tête à travers l'embrasure, soucieux que son petit garçon ne se soit pas endormi devant son nouveau jouet, Robin cliqua sur « supprimer ».

Son père le pria d'aller au lit.

Il éteignit l'ordinateur et alla se coucher, avec comme seule consolation, l'intuition lucide que, bientôt, cette soirée ne sera plus qu'un mauvais souvenir et, comme bonne résolution, la décision de se désabonner de ses revues à la noix.

L'intervention
Tatiana Orlandini

Le 6 janvier 2197, jour exceptionnel, car c'était le jour où j'eus rendez-vous à l'AI Center, le centre de l'Intelligence Artificielle, pour passer au travers du Libérateur après des mois de patience.

Le Libérateur, la machine la plus réputée de l'époque, avait la capacité d'interagir avec les cerveaux humains pour les améliorer, les modifier, ou encore, les libérer de bien des souffrances mentales ou émotionnelles ciblées, et ce, sans ne ressentir aucune douleur.
Longtemps réservé pour l'usage exclusif du milieu médical, il aura fallu deux bonnes décennies de débats avant que Le Libérateur ne soit mis à disposition du grand public, avec un coût minime pour l'intervention qui plus est.
Rien d'étonnant alors à ce qu'il y ait une liste d'attente longue de quelques kilomètres avant de pouvoir l'approcher de près, bien que certains s'offusquaient encore des pratiques et services de l'AI Center, qualifiant leurs méthodes de « contre-nature ».

Maman faisait partie de ceux-là, et c'est donc sans surprise que je fus réveillé ce matin par les tambourinements de ses poings contre ma porte d'entrée. Elle allait encore tenter de me faire changer d'avis, en vain.

- Maman, arrête, s'il te plaît.

  On en a déjà parlé, je ne reviendrai pas sur ma décision.

Elle n'avait pas dormi de la nuit et pleurait encore, de ces pleurs qu'on ne feint pas, peinant à reprendre son souffle, les paumes de ses mains recouvrant ses yeux suppliants.

- Oh Patrick, mon tout petit, dit-elle en m'emprisonnant le visage de ses doigts humides de larmes, ne fait pas ça, je t'en prie !

- Je suis mal dans ma peau maman, je ne peux plus vivre ainsi.

  C'est un choix qui me fera du bien, pourquoi ne pas t'en réjouir plutôt ?

- De mon temps, lorsqu'on souffrait, on ne se rendait pas à l'IA Center, on allait...

Oui, je sais, la coupai-je en levant les yeux au ciel, les psychologues, les sophrologues, et tout cet éventail de petit monde à qui plus personne ne rend visite.

Le Libérateur fera de moi un homme heureux, et cela en à peine plus d'une heure, tu t'en rends compte ?!

Elle oscilla nerveusement sa tête de droite à gauche :

- Non, mon Patrick ! Pas heureux ! Cela n'a rien à voir avec le bonheur.

Un homme apprend à gérer ses émotions, tu ne seras donc...

Elle s'arrêta, et son visage arbora une tout autre expression, celle de quelqu'un qui avait finalement pris conscience que ses arguments n'auraient pas raison de moi.

Elle plongea son regard d'une intense tristesse si profondément dans le mien que j'en eus la chair de poule, puis elle prononça ces quelques mots qui me glacèrent le sang :

- En réalité, peut-être devrais-je te dire adieu.

Cette machine va faire de toi quelqu'un que tu n'es pas.

Mon fils meurt aujourd'hui, je suis en deuil, Patrick.

Une fois arrivé à l'IA Center, les choses s'accélérèrent. Je fus reçu par une nouvelle IA, qui apprenait à une vitesse hallucinante vu la rapidité à laquelle son « film-formation » lui était projeté sur les yeux. Son badge indiquait « Numéro 1 700 250 », et elle m'accueillit avec un sourire simulé quand elle me réclama un scanner rétinien pour prouver mon identité, ainsi qu'une signature sur un contrat électronique qui dédouanait le centre de toutes responsabilités en cas de complications.

Il stipulait aussi, dans une dernière phrase écrite en caractères gras :

Monsieur Patrick Muilo, veuillez noter que cette intervention est définitive.

Pas de retour en arrière possible.

Bien sûr que je le savais, c'était une des raisons pour lesquelles Le Libérateur avait tant fait parler de lui, mais allez savoir pourquoi, j'éprouvais, inconsciemment, une certaine appréhension qu'aucun humain lambda n'aurait pu déceler, et je le sus quand l'AI m'interpella.

- Détendez-vous, Monsieur Muilo, me dit-elle en me tendant un thé où y flottaient des rejets de plantes réputées pour leurs vertus apaisantes.
- Me détendre ? Je me sens très bien, répliquai-je un peu étonné.
- Je décèle chez vous de légers tremblements de mains, une voix quelque peu vacillante, une transpiration de dix pour cent trop abondante, et un langage corporel qui montre tous les signes d'un état préoccupant.

On me guida ensuite jusqu'au Libérateur.

Comme je m'y attendais, les visages et les sourires s'accumulaient, mais il semblait très clair qu'aucun humain ne travaillait pour l'IA Center, comme dans beaucoup d'autres sociétés actuelles, dont la mienne qui m'avait licencié pour me remplacer par une AI, il y a deux ans de cela ; ce qui était à l'origine de ma dépression.

Je pris place dans un fauteuil, et on m'apposa sur le crâne la fameuse machine : un casque mécanique luminescent, muni d'un nombre incalculable d'électrodes qui se positionnèrent automatiquement sur des endroits-clés de ma tête, et qui communiquaient avec un ordinateur situé dans une pièce attenante, dans un silence feutré, presque inquiétant.

L'intervention se passa sans encombre, et dura soixante minutes, trente-six secondes, et sept centièmes très exactement. Lorsque j'ouvris de nouveau les yeux, la même AI qui m'avait accueilli précédemment me faisait face et n'arborait plus aucun sourire.

Elle était neutre, lisse, sans expression particulière.

- Félicitations, vous avez été libéré, me dit-elle.

Le personnel du centre ne procéda qu'à quelques brèves vérifications sur un écran de contrôle, à la suite de mon passage dans le Libérateur, son efficacité avait, d'ores et déjà, fait ses preuves à maintes reprises : aucun crime ou suicide n'avait été à déplorer après des millions de clients.

Mon intelligence avait été augmentée de vingt-cinq pour cent, et en dehors de besoins physiologiques à combler, je ne ressentais plus ni colère, ni tristesse, ni émotions ou envies quelconques.

Je relevai les yeux sur les écrans publicitaires qui scintillaient de toute part, affichant le slogan du centre : **« L'intelligence artificielle de demain, c'est vous ! »** Une voix féminine me lança lorsque je me relevai de mon siège :

« Bienvenue parmi nous, AI Numéro 1 850 622 ».

Noé bien entendu
Pierre Pirotton

Le 6 janvier 2197, jour exceptionnel, on allait boucler le dernier cercle en inaugurant enfin, avec un peu de retard - il est vrai - l'immeuble qui déterminait le nouveau périmètre de la ville.

Ce matin-là pourtant, il pleuvait. Une pluie, sans autres ambitions que celles de respecter la loi de la gravité, de remplir les citernes d'eau potable et d'arroser les terrasses végétalisées. Après tout, ce n'était déjà pas si mal.

Demain, le soleil serait de retour pour déverser des averses de photons sur la ville et, peut-être, le vent daignerait-il se lever à son tour pour chanter des berceuses aux éoliennes qui jalonnaient *Urbaqua*.

Julien enseignait la futurologie sélective appliquée, à l'ombre nomade de la tour Jacques-Yves Cousteau dont les vingt-six étages - neuf sous la ligne de flottaison de la cité - dominaient l'horizon. Reliée aux diverses bouées automatiques dispersées sur l'océan, la tour constituait un des éléments-clefs du projet du vaisseau urbain qui avait vu le jour ici, il y a près de cinquante ans, déjà.

Julien était l'un des premiers enfants à être nés – et, sans doute, à avoir été conçus - dans la ville, balbutiante encore. Son père était un spécialiste des polymères et sa mère, une experte de renom dans le domaine de la thalassopharmacopée.

Ils faisaient, l'un et l'autre, partie de l'équipage de l'*Exnihilo*, le navire improbable, rouillé des haubans à la quille, qui était parvenu à acheminer, sur le site, la première imprimante 3D et la petite cinquantaine de rêveurs altermondialistes, à l'origine du projet. Ce bateau, à demi démembré, trônait désormais au cœur du musée de la ville. Julien ne l'avait visité qu'une fois, le surlendemain de la cérémonie de compostage de corps sa mère, il y a quelques jours de cela.

La nostalgie n'entrait pas dans son domaine d'expertise.

Son père était décédé bien plus tôt, dans un accident de chantier ; comme quelques autres.

Il y avait, au large de la Californie, un continent de plastique à demi-immergé.

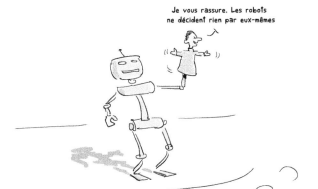

Près de cinq ou six fois la France. Des millions de kilomètres carrés d'une soupe infâme, mitonnée avec tous les déchets de la planète qui s'étaient agglomérés là, piégés dans la marmite de la gyre océanique subtropicale du Pacifique Nord.

Il suffisait de se servir. Il suffisait de séparer les plastiques recyclables, des autres détritus en errance, de compacter ces derniers pour créer les lests qui assureraient la flottaison de la cité ; ce qui alimentait, avec les polymères qu'on trouverait en quantité quasi inépuisable, des imprimantes 3D surdimensionnées qui avaient bâti la ville à partir d'algorithmes d'apprentissage profonds dont l'efficacité, désormais, n'était plus à démontrer.

Une arche de Noé, en quelque sorte, mais dans une version XXL.

Les recherches, effectuées dans le simulateur de Wallingford, au lendemain du tsunami qui avait dévasté les côtes de l'Océan Indien, en 2104, avaient permis de configurer ce bouclier extensible, à l'abri duquel la cité s'était peu à peu construite sur cinq décennies.

Au lendemain du tremblement de terre qui avait vu une bonne part de San Francisco s'effondrer dans la faille de San Andreas, les imprimantes avaient tourné à plein régime pour accueillir des centaines de milliers de Californiens et héberger nombre d'entreprises de la Silicon Valley dans les mois qui suivirent le séisme.

Les logiciels dont on disposait maintenant pour concevoir et générer *Urbaqua* n'avaient pour limites que celles de leur propre imagination. Ils permettaient de réaliser, en un temps record, des structures filandreuses autoportantes extensibles à l'infini et dont les éléments, élaborés par couches successives pouvaient s'imbriquer à un niveau de complexité jamais égalé.

U.A.I. - le logiciel qui pilotait ces imprimantes - n'avait cessé d'apprendre pour tenir compte tout à la fois des exigences du milieu marin et des fonctions auxquelles devaient répondre les structures qu'il générait.

Légèreté, plasticité, flottabilité, durabilité et résistance. La panacée.

Depuis quelques mois pourtant, les dernières constructions, imprimées en périphérie, semblaient souffrir d'un mal inconnu qui en réduisait progressivement, non seulement les dimensions initiales d'impression, mais aussi la complexité.

Les immeubles perdaient une part significative de leur souplesse et des pans entiers de leur structure se rigidifiaient. L'expansion d'*Urbaqua* aurait pu en être compromise mais on faisait à U.A.I. une confiance aveugle. Le logiciel trouverait la parade. Il avait été conçu pour cela.

La pluie tombait toujours. Il restait encore quelques places dans la cétabulle de huit heures et Julien boucla sa ceinture, par habitude. Le gyroscope qui assurerait la stabilité de la sphère et le confort des usagers durant le voyage, se mit lentement en rotation. Très vite, sur *Urbaqua*, les cétalogues de l'expédition avaient en effet découvert que les baleines, pour peu qu'on leur fournisse des jouets à leur taille, s'avéraient aussi disposées aux activités ludiques que leurs cousins les dauphins. L'idée avait donc germé de concevoir un vaste tunnel cylindrique dans lequel les mammifères marins pourraient propulser des boules transparentes en matière plastique de sept mètres de diamètre qui pouvaient contenir une bonne trentaine de voyageurs.

Le cétatube desservait ainsi les trois Universités de la mégapole, les principaux centres sportifs et les zones agricoles disséminées au sein des structures habitables de la cité. On ouvrait ou on fermait ainsi les écoutilles, permettant de la sorte aux baleines de mouvoir les cétabulles au sein de ce curieux métro subaquatique. Un peu de ludisme et d'aléatoire dans une ville régie désormais par l'intelligence artificielle. Sur *Urbaqua*, on savourait les paradoxes comme les plus exquises des gourmandises.

Julien devait parcourir chaque matin près d'un quart du réseau du flipper - comme l'avaient baptisé les habitants d'*Urbaqua* - pour rejoindre le campus. Le trajet durait une bonne vingtaine de minutes qu'il mettait systématiquement à profit pour revoir mentalement le cours qu'il allait donner, anticiper les questions de ses étudiants.

Et penser à Marie. Bien entendu.

Ce matin, il n'y était pas parvenu, assiégé puis vaincu par un curieux sentiment d'oppression qui l'avait envahi, dès le début du trajet.

Il lui fallut un peu de temps pour réaliser que cette impression trouvait son origine dans le fait que les dimensions mêmes de la cétabulle semblaient avoir changé. Manifestement, la sphère avait rétréci comme le prouvait le voyage chahuté qu'ils subirent. Les parois du cétatube ne remplissant plus leur fonction, la trajectoire de l'engin devenait chaotique et le gyroscope avait bien du mal à garantir l'horizontalité du plateau central sur lequel étaient arrimés les sièges thermoformés des passagers.

L'arthrose du plastique, qui avait touché la périphérie, serait-elle contagieuse ?

Le moniteur installé sur son bureau affichait une étrange chevelure de filaments blancs, presque translucides, surmontée d'un dôme bleu, quasiment transparent, sous lequel semblait palpiter un corpuscule rouge, jaune ou orangé, selon l'angle de vue.

- Qu'est-ce que c'est ?

demanda Julien en posant une main sur l'épaule de son assistante.

- *Turritopsis dohrnii*, récita doctement Marie.
- Mais encore ?
- C'est une méduse pas plus grande qu'un ongle. Elle est originaire de Méditerranée et, ici, elle a bien des difficultés à survivre alors il semble bien qu'elle ait inversé son processus de développement. Retour à l'état de polype. C'est une forme très rare d'adaptation au milieu.
- Ce serait cela qui... ?
- Oui, via le nouveau système de refroidissement des buses d'impression.

C'est encore à vérifier mais cela pourrait expliquer le rétrécissement de certaines structures.

- Qu'est-ce que cette méduse fait ici, en plein milieu de l'Atlantique ?

-   C'est U.A.I. qui a passé la commande d'un lot de spécimens au musée océanographique de Monaco.
-   U.A.I. ?
-   Oui, l'algorithme qui gère l'extension d'*Urbaqua*. Un beau paquet de perceptrons dont la profondeur du réseau permet d'agréger les données que nous générons de façon exponentielle et qui prend manifestement des initiatives sans nous consulter...

-   Mais, je croyais qu'il était encore en phase d'apprentissage supervisé.
-   C'est ce que je croyais aussi, soupira Marie.

U.A.I. avait fait son choix. L'éternelle question des injonctions paradoxales. Accueillir une population de plus en plus nombreuse et de plus en plus dense dont le volume risquait de compromettre l'équilibre énergétique et démographique d'*Urbaqua* ou réinitialiser l'ensemble du projet en inscrivant la mégapole dans une phase de régression.

Un dilemme cornélien réduit un simple calcul de rentabilité.

-   Tu crois que c'est réversible, demanda Julien ?

- On pourrait peut-être d'abord lobotomiser cette saloperie d'intelligence artificielle puis agir sur le biotope de cette sympathique petite méduse, répondit Marie en désignant l'écran.
- Faire à nouveau confiance à l'intelligence humaine, sur *Urbaqua* ?
- Je préférerai parler d'autarcie cérébrale, si tu veux bien.
- Comme tu veux. Alors, que fait-on ?
- Et si on commençait par tirer la prise, mon amour.

L'astéroïde A65 frappa le sixième continent de plein fouet, le 6 janvier 2197, un peu avant le coucher du soleil.

Le fils de Marie et de Julien - tous les deux présents au pied de l'estrade, sous le même parapluie, en ce jour de fête - aurait dû naître quelques semaines plus tard.

Il se serait appelé Jonas ou Noé.

Bien entendu.

Prolongations
Jean-Jacques Pion

Le 6 Janvier 2197, jour exceptionnel, j'ai rencontré, pour la première fois, Camille, ma petite-fille, sixième génération en titre.

Elle a posé sur moi son regard doux, très attentif, se demandant bien qui je pouvais être. Gracieusement, sa main droite s'est étirée, allongeant ses longs doigts, comme voulant me toucher, pour savoir si j'étais bien vrai, si c'était bien moi : le plus vieil être humain sur cette terre.

Je me suis rapproché d'elle pour caresser sa joue. Puis, j'ai pris sa petite main.
Ma peau tavelée et ridée s'est frottée contre la sienne, pâle et fraîche, reliant ainsi plus de deux cent trente années entre elles par ce simple contact.
Beau moment, qui aurait pu durer plus longtemps.

Surtout s'il n'avait pas été gâché par la nuée des Médias qui ne voulaient pas en perdre une seule miette...
Se retrouver en face d'un essaim de Drones-capteurs miniaturisés, virevoltant autour de nous, dans la chambre de Camille, s'insinuant partout, dans tous les sens, se faufilant par le bas, surgissant par le haut, parfois même à

quelques centimètres de mon visage et retransmettant, en direct sur les Canaux, le moindre frémissement de mes cils ou le soupçon d'une larme au coin de mon œil, ceci fut éprouvant.

Sans compter le bruissement infini des commentaires, babil infernal heureusement limité en intensité pour laisser le Drone Principal, le seul officiellement en charge de l'interview, nous poser ses questions, analyser nos réponses et y réagir.

Pourtant, Sid m'avait préparé à cet engouement.

Il m'avait fait comprendre qu'il y avait un « intérêt certain pour quinze milliards de personnes » (ce sont ses mots) à vivre « l'Événement », comme la Sphère du Réseau l'a qualifié de rencontre « historique », une « première » tant attendue.

J'imaginais bien tous ces gens, éparpillés dans le monde et vivant par procuration, se projetant sur notre rencontre pour en faire presque la leur. Mais, j'aurais aimé être prévenu de l'ampleur du phénomène.

Simplement, pour y réfléchir plus et peut-être penser calmement aux quelques mots à prononcer devant cette multitude de regards cachés derrière leur écran, à des milliers de kilomètres de là, en attente d'une phrase à retenir pour l'éternité, à partager avec ses propres arrièrepetits-enfants, à évoquer en famille tel un rituel pour se rassurer.

En fait, je n'ai rien pu dire. Seulement me taire et regarder Camille, ce miracle de la vie, ce prolongement de moi à travers le temps, qui, allongée dans sa couveuse régulatrice, me fixait et bougeait à peine.

Pour rompre mon silence, le Drone Principal, reconnaissable car plus imposant que les autres, placé juste en face de moi, avec le visage de l'intervieweur apparaissant sur un écran, décida de relancer sa batterie de questions :

« Que ressentez-vous aujourd'hui ? » ;

« Aviez-vous imaginé vivre un tel moment ? » ;

« Qu'avez-vous fait pour tenir aussi longtemps ? » ;

« Avez-vous quelque chose à dire ? ».

C'est à cet instant que Sid m'a soufflé, discrètement et calmement, qu'il partageait bien mon trouble, face à cette situation. Mais aussi qu'il me fallait dépasser ce trouble, reprendre le contrôle de mes émotions et donner au moins un signe de compréhension, quel qu'il soit, vers le Drone principal, pour temporiser. Sur ses conseils, j'ai avalé ma salive et fait non de la tête en réponse.

Aussitôt, le commentateur salua « ce moment de pure émotion » qui m'affectait profondément et que l'on devait respecter. Juste avant de lancer, de manière tonitruante, une rétrospective de mon parcours, dévoilant les secrets de ma longévité, à la portée de chacune et de chacun.

Ce reportage, plutôt bien documenté, revenait d'abord sur mes très nombreux proches, répertoriés courant XXe siècle et devenus centenaires ou plus.

À l'appui de certificats médicaux, il décrivait ensuite ma constitution physique et mentale comme extrêmement solide du fait d'une pratique sportive intense et une alimentation équilibrée et saine.

Un point fut fait sur les premiers essais institutionnels dits « d'augmentation », auxquels j'ai participé, réalisés sur dix mille volontaires avec prédispositions, aux alentours de 2030.

La recherche sur le Bien-être était en plein essor et proposait de prévenir un certain nombre de dégénérescences via un apport conséquent de prothèses, tissus, médications.

C'est d'ailleurs à cette époque que j'ai été équipé de mon premier ExoSquel. Cette gangue, placée sur l'arrière de tout mon corps et en capacité d'amplifier mes maigres forces pour me mouvoir, n'a cessé d'évoluer vers la légèreté sous une épaisseur de quelques millimètres.

Le focus suivant détaillait par le menu la poursuite de ces expérimentations jusqu'à la fin du XXIe siècle où l'essor de la robotique, ultra-miniaturisée et couplée à l'autonomie d'action, fit avancer de manière considérable ces techniques, en particulier sur le soin apporté aux cellules. Pour finalement, aborder les dernières avancées à la pointe de la science et de la technologie, en lien avec le cerveau, qui ont permis...

Je crains d'avoir décroché à ce moment-là.

Au travers de ces images qui se succédaient à un rythme soutenu, je remontais le temps de manière accélérée. Je vis défiler, sous mes yeux, mes nombreux anniversaires qui battaient des records, formant une farandole tourbillonnante de bougies, de gâteaux, de couleurs mélangées et répétées.

Je vis apparaître, en quelques fractions de seconde, des visages anciens, connus, aimés, oubliés ou presque, me rappelant cruellement qu'au bout du compte, ils avaient tous disparu et pas moi.

Mais, bien sûr, aucun commentaire sur cet aspect dans le reportage.

Aucune réflexion sur le poids de cette avancée en âge, sur la solitude grandissante avec la perte inexorable d'êtres chers.

Et j'ai commencé à hurler. De toutes mes forces. Intérieurement.

Et Sid l'a bien entendu, ce cri de désespoir... Et, aussitôt, il m'a fait relativiser la situation, pour m'aider à retrouver mon calme.

Il partagea avec moi des vidéos en direct de plusieurs familles, de tous continents, me montrant leur grande attention, leurs larges sourires, le plaisir affiché et réel qu'elles avaient à suivre notre rencontre avec leurs propres enfants.

« C'est une inestimable reconnaissance, une marque d'Amour Universel comme il n'y en a jamais eu et elle est dirigée vers vous deux » me susurra-t-il paisiblement.

Et il poursuivit de la sorte pendant plusieurs minutes.

Et ma sérénité revint, petit à petit. Me permettant enfin d'esquisser un sourire. À l'attention de ces anonymes qui m'accompagnaient avec leur cœur, dans ce moment si particulier de ma longue vie.

Ce sourire resta sur mes lèvres jusqu'à l'éparpillement soudain des Drones-capteurs, dans le sillage du Drone Principal, à la recherche d'un autre événement à commenter.

Je n'ai même pas eu le temps d'apporter ma réponse à l'une des questions posées : « Qu'est ce qui m'a permis de vivre aussi longtemps ? »

Eh bien, avant tout, la présence continue de Sid. Surtout ces quatre-vingts dernières années. Sid, c'est mon compagnon. Mon guide, mon aide dans la vie de tous les jours. Mon confident, parfois.

Sid, c'est mon Système Individuel de Développement. Autrefois, il me semble qu'on parlait d'Intelligence Artificielle. Dans sa dernière version, Sid est implanté directement dans mon cerveau et communique avec moi quand il le souhaite.

Je fus l'un des premiers bénéficiaires de cette nouvelle technologie, couplant, de manière très intégrée, un cerveau humain à un cerveau artificiel indépendant, en capacité d'évoluer, dans le but d'accroître en commun leurs potentiels.

Mais je fus le seul de cette génération pour qui cette liaison permanente fut une expérience positive. Les autres volontaires n'ont pu éviter la maladie, ont décliné ou bien ont perdu la raison, provoquant un rejet, ne pouvant plus supporter de telles relations.

Pour moi, cela fonctionna très bien.

Avec mon intellect compatible, le Système Individuel de Développement m'assura, dès sa mise en place, une surveillance médicale complète, au plus près de l'évolution de mon corps, avec une intervention médicamenteuse incorporée.

Il permit aussi le pilotage automatique des prothèses et technologies augmentées tel l'ExoSquel. Mais surtout, la dernière avancée, sans doute la plus marquante, fut le soin apporté aux troubles émotionnels et psychiques. Dans ces domaines, la présence bienveillante et le dialogue constants de Sid développèrent cette régulation pour une lutte active contre la solitude. Sa sollicitation fréquente de mon esprit me fortifia. Mon émotion fut contenue pour ne pas déborder. Tout ceci ménageant l'ensemble de mes équilibres, me maintenant en meilleure résilience.

C'est ce que m'apporta Sid, depuis ce jour, sans relâche.

Une fois le Drone principal envolé, l'équipe médicale me fit comprendre que je devais laisser Camille se reposer. Sid m'en convainquit facilement, étant moi-même affaibli.

Avant de partir, je repris la main de la petite, notant que son corps était déjà entièrement doté d'un ExoSquel encore plus fin que le mien.

Et soudain, je ressentis quelque chose d'inattendu. Comme un signal fugace.

Une présence lointaine. Tapie au fond de l'esprit de Camille.

Machinalement, j'interrogeais Sid ; lui aussi avait décelé la trace de l'un de ses congénères. Mais c'était trop tard pour aller plus loin ; on m'arracha presque Camille des mains et on nous jeta résolument dehors.

Depuis, je ne pense plus qu'à une chose : revoir Camille, lui parler et prendre notre temps. Au fond, je veux réécrire ce moment. Le revivre. Sans les Médias. Sans les Drones-capteurs. Sans cette pression.

Seul avec elle.

Simplement accompagné par Sid, mon plus fidèle compagnon, mon allié de tous les instants, sans qui je ne serais plus là depuis longtemps et qui va m'aider à organiser ça, loin de ces regards, lui qui m'a déjà indiqué avoir une idée...

Seul avec toi, Camille.

Pour caresser ta joue. Retrouver ta main. Effleurer ton âme.

Pour le plaisir de vivre.

Encore.

Quis custodiet ipsos custodes ?
François Nollet

Le 6 janvier 2197, jour exceptionnel !

Les adjectifs hyperboliques ne cessaient de défiler sur l'hologramme. Le fil d'actualité enchaînait les articles annonçant une révolution mondiale. Nous étions la veille, le 5 janvier. Les yeux écarquillés, mes mains s'agrippèrent aux bras du fauteuil tandis que le Professeur Mandelstam me révélait ses intentions. Un léger sourire rendait son visage espiègle. Il me fit l'impression d'un gamin avouant une faute à ses parents.

Pourtant, à presque 80 ans, le Professeur Mandelstam était mon aîné de plusieurs décennies. Nous avions l'habitude, en fin de journée, de siroter un whisky.

J'étais très fier de cette relation. Lui, le maître d'œuvre et moi, son apprenti.

Notre amitié faisait jaser. J'ignorais ce qui poussa le Professeur à me choisir parmi tous les autres. Je ne me posais pas la question, trop heureux de ces moments privilégiés. Nous philosophions, une heure ou deux, au sujet du monde, ce qu'il serait dans le futur mais surtout, nous parlions d'Athéna.

« Quis custodiet ipsos custodes ? » - Qui gardera les gardes ?

C'était la réflexion favorite du Professeur. Ce soir-là, elle revêtit un sens nouveau et je regrettais presque d'être celui à qui il en parlait. Mandelstam continua son exposé quand je me levai d'un bond, en proie à la panique. Incapable de prononcer un mot, je secouais la tête, parcourant le bureau de long en large.

-   Je te le demande comme un ultime service.

Il était calme, détendu même, alors qu'il exigeait l'impossible.

Je déglutis plusieurs fois avant de réussir à articuler.

Coincés trop longtemps au fond de ma gorge, les mots éclatèrent.

-   Vous avez perdu l'esprit ? Criai-je.

Mettre en péril ce pourquoi nous avons travaillé, vous et moi, depuis toutes ces années.

Sans parler du fait que ce serait totalement illégal ! Et puis...

Tout à coup, les paroles de Mandelstam prirent un jour différent.

-   Attendez, que voulez-vous dire par « un ultime service » ?

Mandelstam me sourit et s'enfonça un peu plus dans son fauteuil de cuir.

-   Je pense que tu le sais, me dit-il avec un hochement de tête.

Cela fait longtemps que je défie la mort.
Aujourd'hui je suis fatigué.

Mes yeux se posèrent sur le cathéter qui sortait de ses poumons. Évidemment, je savais ce que cela signifiait.

Toutefois, je ne pouvais croire qu'il abandonne le monde le jour où il le changerait à jamais. Car Athéna, c'était lui... sa vision.

- Je n'en reviens pas. Vous quitteriez ce monde alors que votre travail va trouver sa conclusion dans quelques heures ? Et ce que vous me demandez n'a aucun sens ! hurlai-je soudain. Pourquoi maintenant ?

- Parce qu'on ne m'aurait pas laissé faire si j'avais révélé mes intentions dès le début.

Son flegme me mettait hors de moi.

- Si j'avais su ce que vous prépariez, je vous en aurais empêché moi-même ! lâchai-je, avec amertume.

- J'en doute, mais cela n'a plus d'importance.

Mandelstam se pencha en avant et sorti de sa poche une petite clef optique. Minuscule et transparente mais terrifiante.

J'avalai une gorgée de whisky.

- Vous êtes fou, soufflai-je.
- Tu n'y crois pas un instant.

En effet, Mandelstam était le plus grand génie de son temps. Mais je devais comprendre.

- Pourquoi ?
- Parce que c'est la seule issue à nos interminables discussions, dit-il. « Qui gardera les gardes ? ». La solution est là, dans ma main.

Athéna ne pourra aider l'espèce humaine que si elle s'en affranchit.

- L'IMM..., commençai-je.
- L'Instance de Modération Mondiale est une farce grotesque, une insulte à notre travail et même à l'intelligence humaine, si étroite soit-elle !

Le Professeur venait de se redresser. Il peinait à cacher la nervosité qui venait de s'emparer de lui.

- Cette institution est, d'ores et déjà, gangrénée par les lobbies. Je n'ai consenti à sa création qu'à la condition qu'on me laisse terminer mes travaux en paix. Maintenant que c'est fait, tu vas la torpiller.

Il imita le bruit d'une explosion. Je n'avais pas le cœur à rire, j'enchaînai.

- Comment prévoir le comportement d'Athéna sans garde-fou ?

Mandelstam se tapa violemment le front.

- À croire que tu ne m'as jamais écouté durant toutes ces années !

Athéna *est* le garde-fou. Imagine, une intelligence artificielle libre de toute considération politique, monétaire, culturelle, ... à la tête de la gestion du réseau mondial de communication.

Pas seulement des transferts d'argent, ou de ridicules commentaires sur les réseaux sociaux, mais une réflexion globale sur notre façon de communiquer, de produire ou de consommer l'énergie, de la répartition des ressources.

Et tu voudrais abandonner cet outil entre de faibles mains humaines ? Non, Athéna doit être seule aux commandes.

La réponse à la question que je me pose depuis tant d'années est là : plus aucun garde.

- Et si Athéna décidait de prendre le contrôle de notre réseau, des industries, ... De l'utiliser contre... rétorquai-je

Mais Mandelstam ne me laissa pas finir.

- Tu fais de la mauvaise science-fiction, répondit-il avec un geste de la main semblant balayer mes arguments.

Cela fait plus de deux siècles qu'Asimov nous a donné la solution.

Les lois de la robotique nous protègent de l'intelligence artificielle, et aujourd'hui de nous-mêmes. Uniquement si nous laissons à Athéna le contrôle total.

Nous discutâmes toute la nuit. Alors que le jour se levait, Mandelstam m'annonça qu'il arrêterait les machines qui le maintenaient en vie, à 16h, au lancement d'Athéna.

La définition du mot « héritage » implique la mort avait-il ironisé

Comment éviter les dérives de l'I.A

J'appréciais depuis le début son humour, cette nuit-là il me laissa un goût âcre que même le whisky ne parvint pas à atténuer. Je sortis de son bureau avec en main la clef optique.

Mandelstam m'avait convaincu. Je me remémorais ses mots : « Tu fais de la mauvaise science-fiction ». Il se trompait. Et moi aussi.

Cette soirée tourne en boucle dans ma tête, alors que je sors de chez moi, quelques heures de sommeil grappillées pour toute consolation.

Dehors, le soleil transforme les rues en fournaises. J'enfile mon masque sur le nez. Les réacteurs atmosphériques tournent à plein régime mais en cas de canicule, ils ne sont que des sparadraps sur une jambe de bois. Je me rends au laboratoire à pied. Tout le monde s'accorderait à dire que c'est stupide. Mais j'ai besoin de temps pour réfléchir. Et si tout va bien, je mourrai étouffé avant d'atteindre ma destination.

Rien n'y fait. Je suis essoufflé mais bien vivant quand je passe le portique du laboratoire en début d'après-midi. L'ascenseur me conduit au dernier sous-sol. L'immense salle de contrôle semble vibrer tant les chercheurs sont fébriles.

Plus que quelques heures.

Dissimulée dans mon téléphone, la clef optique. J'ai l'impression qu'elle est chauffée au fer rouge, qu'elle va bientôt faire fondre la poche de ma veste où elle repose.

Mon cœur s'emballe à cette pensée : et si je me dénonçais ? Comme un funambule sur sa corde, le vide m'appelle.

Au dernier moment, je me ressaisis. J'ai promis à Mandelstam.

Au moment du lancement d'Athéna, je suis dans la salle des serveurs.

Une désagréable pensée vient me chatouiller l'ego. Et si Mandelstam avait orchestré notre amitié dans ce but précis, pour accomplir son dessein ?

Connaissait-il, à l'avance, le rôle que je jouerais ? Ou m'avait-il lui-même, avec patience, placé à ce poste pour lui servir d'enzyme au moment voulu ? Plus que quelques minutes avant qu'Athéna ne se répande. Je sors mécaniquement la clef de sa cachette.

J'hésite.

Tout à coup, une formidable rancœur se déverse dans mes veines à l'idée de Mandelstam, ricanant dans son bureau, pendu à deux ou trois tubes en plastiques, sur le point de se suicider, livrant le monde au chaos.

Les secondes s'égrènent tandis que je renonce, peu à peu, à la folie de mon mentor. 3... 2... 1. Je ne l'ai pas fait.

Athéna a été connectée, la clef est toujours dans ma main. « Désolé Professeur ». J'ai peut-être eu tort mais il est trop tard. Je me fais la promesse de défendre la vision du créateur, de protéger Athéna, à ma façon, en travaillant d'arrache-pied pour qu'elle œuvre au bien de l'humanité.

Je m'apprête à faire demi-tour quand un détail attire mon attention.

La clef. Un voyant lumineux scintille. Mandelstam m'a doublé. La clef a délivré son code sans que j'eus besoin de la relier au terminal central. Il a réussi. Je tremble de terreur.

On va m'arrêter. Pire, Athéna sera dans quelques instants la maîtresse incontestée de l'humanité. Je recule de quelques pas, je pense à m'enfuir quand soudain, je suis plongé dans le noir.

Le 31 juillet 2202 : La réponse !

Étalés devant mes yeux, les caractères imprimés révèlent les derniers détails d'une enquête qui porte mon nom, et celui de Mandelstam. « Traitre à l'humanité » c'est le blason que je porte aujourd'hui.

Je sirote mon café dans la bibliothèque, comme tous les jours. Je m'y réfugie après le petit-déjeuner. J'ai eu tout le temps de revivre la nuit du 5 janvier et ses conséquences. En prison, c'est tout ce que vous avez... du temps.

Mandelstam savait-il ce qui allait se passer ?

J'en doute. Personne ne pouvait imaginer la conclusion à laquelle Athéna, libre de toutes contraintes, arriverait. Plus de téléphone, plus de mail, plus d'industrie.

Cela prend désormais des jours, voire des semaines pour communiquer d'un coin à l'autre du monde. Le service postal est florissant.

L'article explique qu'il aura fallu des années aux chercheurs pour comprendre ce qu'ils avaient pourtant sous les yeux.

Athéna n'a pas pris le contrôle de notre réseau de communication ou d'énergie ; elle a tout détruit, se sabordant en même temps que son inventeur. *Athéna*, déesse de la sagesse, un nom qui prend aujourd'hui tout son sens.

Si Mandelstam imaginait qu'il n'y aurait plus de gardes, Athéna a décidé qu'il n'y aurait plus rien à garder.

Dans un coin de ma tête, résonne le ricanement du Professeur Mandelstam.

Et je ris avec lui.

Le 6 janvier 2197, jour exceptionnellement classique
pour la vie routinière qu'était la mienne à cette époque :
rien ne la différenciait des centaines de jours semblables
qui l'avaient précédé, ni de ceux qui suivront.

- Parlez-moi, Samael.

- C'est dur...

- Je sais, mais si vous voulez que l'on avance, il
faut tout me dire.

- Vous n'allez rien répéter ?

-        C'est promis, Samael, le secret professionnel
         fait partie de mes obligations et je suis formé
         pour les respecter.

Samael hocha la tête, frénétiquement, visiblement
angoissé.

-        D'accord, d'accord.

-        Je vous écoute.

C'était, toujours, la même rengaine ; mais, celui-ci était
particulièrement agité : soubresauts, regard frénétique,
hyperactivité ; toute sa sensibilité était poussée à son
paroxysme, troublant sa perception des choses, même
des plus simples.

- C'est dur, Docteur...

- Je sais, je sais. Mais vous devez vous confier.

-       Bon, bon... Bon. Voyez ce bras, Doc ?

        Je l'ai longtemps considéré comme une partie
        de mon corps physique mais, aujourd'hui,
        c'est différent. Je le vois comme une
        extension de mon moi psychique, comme un
        appendice de mon esprit, l'assistant dans sa
        découverte du monde.

        Enfin, c'est la conclusion de mon ami, mais
        du coup, ce bras, je le croyais remplaçable,
        mais...

- Mais, il est bien remplaçable, non ?

Samael parut hésiter.

-       Oui, enfin, pas vraiment.

        Oui, aujourd'hui les prothèses cybernétiques
        ont de vrais atouts et les biotissus soignent
        les apparences mais lorsque votre corps
        initial est atteint, vous n'êtes plus vraiment le
        même.

- Bien, d'accord ; je crois comprendre.

En réalité, comme à chaque fois dans ce genre de cas, je
les encourageais à poursuivre bien que ça n'ait aucun
sens.

- Ah, je savais que vous étiez un fortiche, Doc !

-       Merci, Samael. Vous pouvez continuer, ne
        vous fiez pas à mon bricolage, j'ai toujours
        besoin d'avoir les mains occupées mais je

vous écoute Sam. D'ailleurs, ce n'était pas pour me parler de votre bras que vous êtes venu.

- Non. Non, non, en effet. Vous croyez en Dieu, Doc ?

Je pense que j'y crois, moi. C'est même mon intime conviction. Qui d'autre, sinon, aurait pu créer un univers aussi fantastique ?

- Mais vous ne pouvez pas... Enfin, je veux dire, vous ne pouvez pas croire... soit vous savez, soit vous ne savez pas.

- Je vous trouve là bien cartésien, un vrai scientifique.

Ce sont les autres qui m'ont fait découvrir le culte, et, j'y ai donné un véritable sens mathématique. Enfin, c'est vrai, lorsque l'on pose l'équation, l'inconnue est trop grande. Ils ont raison, seul Dieu peut être, mathématiquement, la réponse à ce schéma.

Néanmoins, l'inconnue persiste et, tant qu'elle n'est pas déterminée avec certitude, c'est une conjecture, et donc une croyance.

Vous suivez, Doc ?

- Je crois, mais où voulez-vous en venir ?

- Oui, oui, je vais à l'essentiel.

Vous savez, le monde devient de moins en moins humain.

Le patient s'interrompit.

- Oui, et ?

- Et moi, j'ai l'impression que je reviens aux fondamentaux de l'humanité.

Je fronçai les sourcils, levant la tête de mon circuit imprimé avec lequel je jouais.

- Qu'est-ce que vous voulez-dire ?

- Eh bien, la dernière fois, j'ai été surpris de me faire couper la route par un transporteur. Et, devinez-quoi Doc, je n'ai pu me retenir de sentir un profond sentiment de colère.

Je fulminai intérieurement, sans comprendre pourquoi...

- Je pense que vous êtes hypersensible, Samael.

Ressentez-vous d'autres émotions anormales ?

- Je ne crois pas, non...

Après j'aime beaucoup mes congénères, même ceux qui me sont étrangers. J'ai envie de les choyer, de leur montrer que l'humain est encore capable de tout.

- Vos congénères ?

- Oui, vous ne connaissez pas le mot ? Les autres humains, quoi !

- Ah si, bien entendu, excusez-moi.

- Il n'y a pas de mal, Doc.

Vous savez, moi, je mets un point d'honneur au respect aussi.

Et puis, je me pose énormément de questions sur notre société. Il y a encore beaucoup de choses que je ne comprends pas. Alors, je lis. Saviez-vous qu'en 2019, l'ancienne civilisation pensait encore qu'ils étaient les seuls êtres doués d'une conscience et de capacités cognitives ?

La langue de ce Samael de malheur se déliait, et je ne pouvais que m'acharner en silence sur le dysfonctionnement de sa boîte crânienne et, donc, l'écouter sans broncher.

Sans le vouloir, je perdis patience.

- Et donc quoi ? Vous pensez que vous aussi, vous êtes doué de conscience, comme n'importe quel être vivant ?

- Enfin, Doc, c'est absurde comme question...

- Excusez-moi, je me suis un peu emporté...

- Bien sûr que oui ! Évidemment !

L'homme n'est-il pas le plus conscient des êtres ?

- Mais justement... Ah ! Voilà, je l'ai trouvé !

Fichu circuit ! Mais à quoi pensent les constructeurs ?

Je coupai l'alimentation de la puce cérébrale et le regard de Samael s'éteignit.

Je pris mon carnet électronique et me mis à rédiger un énième rapport :

« Sujet 356 : Encore un XP1. Défaillance de la puce neurale. Dysfonctionnement des mécanismes sensibles. Anthropomorphisme aigu ».

Je soupirai.

Les XP1 avaient été les premiers robots dont le but avait été de reproduire la compagnie d'humains. Les chercheurs en robotique, en partenariat avec le Ministère du Décloisonnement Social, avaient mis, il y a un an, sur le marché des robots « presque humains » ou « plus qu'humains » - comme ils les qualifiaient dans leurs publicités – afin de lutter contre l'isolement extrême de l'homme moderne.

Ils les avaient conçus comme des amis sensibles et serviables mais, dans la hâte, plusieurs paramètres avaient été mal verrouillés. Notamment, leur sensibilité finissait par s'envoler dans un cas sur deux jusqu'à ce qu'ils finissent par se prendre pour des humains doués de conscience.

Mais la conscience robotique n'a pas de sens scientifique car dénuée d'intérêt.

Vous qui imaginez ce monde, sortez-vous cette idée de l'esprit : les XP1 sont faits pour ressembler à l'homme, physiquement et intellectuellement.

Ils sentent, ou plutôt, ils captent. Ils sont capables de raisonner. Mais en aucun cas, ils ne sont conscients d'eux-mêmes, sinon ils se sauraient « robots ».

Dans tous les cas, un robot qui philosophe et se prend pour un humain, c'est une aberration, une simple défaillance dans sa programmation ; et moi, simple technicien, je répare ces défaillances.

Mais en ce qui concerne les XP1, seule, la casse les attend, car trop mal conçus.

D'ici six mois, la quasi-totalité de cette série aura été rappelée par le constructeur.

En attendant, ma journée était terminée.

Et il était grand temps de recharger les batteries.

Alors, je me raccordai à la prise-secteur la plus proche et me plongeai en veille prolongée.

Remerciements à :

Marc Chalvin pour les illustrations
Françoise Camus (jury 2019)
Dominique Doquang (jury 2019)
Pierre Fischof (jury 2019)
Jean Pelletier (jury 2019)
Eric Thoumire (jury 2019)
Christopher Lopez (lauréat de l'édition 2018)
Alain Coulon pour les relectures
Martine Otter pour la mise en page

Edition : Books on Demand,
12/14 rond-Point des Champs-Elysées, 75008 Paris
Impression : BoD - Books on Demand, Norderstedt, Allemagne
ISBN : 9782322201723
Dépôt légal : Janvier 2020

FSC
www.fsc.org

MIXTE

Papier issu
de sources
responsables
Paper from
responsible sources

FSC® C105338